U0013005

S P R I N G

每一本好書都是一顆種子，
春天播種在你的心田夢土上。

Spring

S P R I N G

每一本好書都是一顆種子，
春天播種在你的心田夢土上。

Spring

S P R I N G

每一本好書都是一顆種子，
春天播種在你的心田夢土上。

S P R I N G

每一本好書都是一顆種子，
春天播種在你的心田夢土上。

Spring

妳身邊那人，也許不是妳的真命天子，但他或許是妳的專屬超人。
妳對他輕輕一笑，就會有一萬個天使在他的笑容上飛舞著。

推薦序

這是《打噴嚏》的推薦序。

在推薦《打噴嚏》這個故事之前，我必須澄清一件事。我不是接下這個推薦序的任務之後才看這個故事的。

我只記得那個禮拜天晚上，電視很好看，該死的我不小心看了九把刀的《打噴嚏》，然後熱血激昂的差點想飛到故事裡面去跟主人公們一起奮鬥。

所以，那個禮拜天的晚上，我什麼電視節目也沒看到，因為九把刀的《打噴嚏》。就是那個禮拜天，我為了不倒人熱血沸騰，為了閃電怪客心醉神迷，為了亞里斯多德會心一笑，還偷偷的對玻璃人居爾比了一下中指。

接下這個推薦序的艱難任務之後，再一次仔細的看了《打噴嚏》。相信我，這是一個很棒的故事，這是九把刀給你們的感動。

最後，補充一點。我真的很討厭在電腦前面像個白痴一樣掉眼淚的感覺，比頭皮屑被人發現還要窘。

九把刀必須補償我，也必須補償所有被《打噴嚏》感動的朋友。

打噴嚏，一個讓人握緊拳頭掉眼淚的故事。

敷米漿　於台北深夜（註：一邊打噴嚏）

推薦序 二

關於一個平凡人類的故事

看完《打噴嚏》後，我呆坐在電腦前，久久沒辦法離開。

當一篇故事在結束之後，還能夠在你的眼眶邊、鼻腔裡迴盪繚繞，你甚至捨不得將指尖移開電腦前那一格格小小的鍵盤方塊，想吞噬掉所還能見到的每一個文字與畫面時，那會是什麼樣的一篇故事呢？就像九把刀其他的故事，《打噴嚏》當然也沒有缺少那種華麗的場面，整篇故事就像是為了這最後一幕而量身打造似的，而打從你沉浸在故事第一頁裡，就已經中了九把刀的陷阱。關於這一點，你實在很難不為這傢伙鋪陳故事的巧妙手法感到佩服不已。

裡頭最有意思的，是主角對「平凡人類」身分的掙扎。

它當然是一篇在都市裡有著超人的熱血故事，但作者很缺德地（請恕我這麼替義智抗議）替主角安排了極為難過的背景：自己最心愛女孩的對象是個超人，偏偏還是個好人。看到這樣的設定時，你不禁要為九把刀的惡作劇感到驚嘆，因為在眾多被冠上「好孩子必讀道德寶典」的故事裡，好人總期待有好報，而當他陷入兩難時，也多半有人會替他安排出路。比方說當獲勝的好人不忍心殺害被打敗的壞人，但這個壞人又是罪大惡極，所以接下來壞人一定會苦苦哀求原諒後暗算好人，使好人「不得不」解決壞人。在長年被「養出」基本價值觀的我們，當然很習慣「努力成為不平凡後，得到獎賞」這樣的想法。但偏偏心心姊姊身邊的他卻是個你怎麼追都追不上的人，而且最狠的還是「他是個好人」。

故事裡最吸引人的，除了本身的張力外，就是「平凡人想超越超人的掙扎」這一點上了。試想當你的情敵是個無論如何努力也追不上的超人時，心裡會多難過呢？一邊看著，我不禁一邊期待著義智能夠擁有努力後應得的收穫，儘管一開始就明白那是辦不到的事。為什麼？因為你我其實也不過就是個平凡的人類。我們同樣地在世界的這個角落裡爭著想成為不平凡的人，於是窮盡一生用財富、名聲、頭銜甚至是道德與別人的尊敬來換得它，卻發現「它」的終點線早就被擺放在永遠到不了的那頭。

故事裡，義智超越了那條界線嗎？看來是的。而這也就是讓你我看完故事後會哭得稀巴爛的原因。

如果故事是一盤料理，九把刀真不愧是懂料理的人，他在裡頭下了重味道的調味料，看完之後那股濃郁的味道還會殘留在你的嘴裡、鼻腔裡，久久都不會散去！

icecream 風聆

充滿愛情的一拳

《打噴嚏》在改版之前，出版社編輯與經紀公司老闆都問我：「要不要改書名？」

似乎之前《打噴嚏》賣不好的原因，跟書名取得亂七八糟有關，書店店員很容易就將《打噴嚏》擺到醫療保健區（之前還發生過將《陽具森林》擺到植物區、將《愛情，兩好三壞》擺到運動區這麼扯的事），於是《打噴嚏》就失去了與讀者第一線接觸的機會。又似乎，意味著改了書名後就等同趨掃厄運，銷售量就會一鳴沖天！

最好是啦。

為了尊重讀者的意向，我在網路上做了民意調查，並向睿智又隨身攜帶錢包的讀者徵求改版的書名，畢竟讀者是我的衣食父母，如果大家卯起來摔書我就只好去灌腸公司上班了。

徵名幾個小時，網路上塞滿了《少女與狗》（有沒有這麼色啊！）、《愛情妳我牠》

（喂！）、《閃電交加的那一晚》（想像力開始貧瘠了喔！）、《愛情不倒人》（我還金槍不倒俠哩！）、《十公升的眼淚》（多九公升就比較了不起嗎！）、《地底四萬呎》（就算多深一萬呎有比較屌，但書名跟內容有什麼關係啊！）、《再見了，亞理斯多德。》（……）

「不倒人，你自己覺得呢？」我看著身旁的天使。

「……我還是繼續打噴嚏好了。」天使好像有些失神。

我說，民意個屁。

於是改版維持原來的書名。

改版要有改版的華麗格調，所以我們揮別了雖然漂亮、但與熱血故事有一大段距離的柔美封面《少女與狗》，請超酷插畫家Blaze為《打噴嚏》量身打造，換上了安適寧靜的、暗藏洶湧熱血的兩隻拳套。

我想，這真是低調得盪氣迴腸啊！

於是各位手上拿到的，便是《打噴嚏》的超強改版了。

話又說回為什麼改版，這跟我苦悶的不暢銷出版史頗有關係。

話說從頭，成功的捷徑在於「不斷複製自己成功的經驗」，所以如果你想在書市裡揚名立萬，就是拚命寫同一類型的題材，去贏得某種類型的王冠稱號，例如狂寫武俠小說者，自詡「金庸接班人」也；狂寫校園愛情小說者，自屁「網路暢銷天王」；狂寫恐怖小說者，自擂「恐怖指數大師」；狂寫奇幻小說者，自high「東方的哈利波特」。固定的題材豢養固定的讀者群，乃至最後劃地稱王，非常快樂矣。

不幸，我創作領域的守備範圍很廣泛，什麼樣的題材都忍不住要嘗試，愛情、奇幻、武俠、科幻、旅遊、驚悚、爆笑、疾病陪伴、兒童文學等都是我的拿手好戲。表面上這是一件非常酷的事，但是寫作的題材一多，書店就不可能將我的書通通放在一起，於是恐怖的領域放三本，愛情的領域放兩本，奇幻的領域放兩本，零零散散的，造成實體書市場的讀者非常難去「系統化認識九把刀」的窘境，為此我常看著書店裡散放的故事發呆傻笑，然後自己動手將每本書按照「九把刀」的綱目重新歸類……

過了七年，三十本書的時間過去。我的故事總算用書海戰術強硬地向閱讀者索取了接觸的機會，各個題材系列都逐漸步上了軌道。也因此，身為故事的孵蛋人，我希望有幾本在當初出版時並未受到「正常矚目」的小說，能藉著大家對我的喜愛重新裝潢改版，請大家重新再給它們一次震懾你靈魂的機會。

這次，打噴嚏。

一場淚水飛舞的愛情。

希望我們都能夠揮出飽滿愛意的那一拳。

九把刀

楔子

她坐在大樹下，黃昏的殘陽映在她俏麗的短髮上，一陣陣帶著泥土味道的微風吹過，輕輕撥弄著她那略帶金黃的髮稍。

她摸摸身旁大狗的頸子，她的手指纖細而溫柔，大狗瞇著眼睛趴在地上，舒服地低著頭，嗅著因為那陣雨而探出頭來的蚯蚓，不時露出舌頭。

這株大樹突兀地立在這個小山坡的山腰邊，從她的角度往下看，整個孤兒院，還有那片即將被收購的茂密樹林，全都在她的眼簾裡。

我看著她纖細的背影，小心翼翼踩著溼滑的青草坡地，走到大樹的後方。

「哈啾！」

她打了個噴嚏。笑了。

她真是世界上最漂亮的女孩。

「你來了？」她淡淡地笑著。還是被發現了。

「我來了。」我跪在她身後，摟著她顫動的腰。

我吻著她香香的頭髮，她的手撫摸著我動糙的手臂。

「汪！」大狗叫著，衝下山坡，在滿山坡的小白菊花裡追逐著一隻青蛙。

我們看著充滿回憶的孤兒院。
她將頭輕輕靠在我的肩上，她擁有舉世無雙的歡樂笑顏。
我們共同擁有世界上最美麗的愛情故事。

第一章　全世界最不幸的機構

我站在走廊的這一排，試著將視線壓低，以為這樣就可以將自己藏起來。建漢站在我身邊，卻跟我完全相反的反應，他把頭抬得老高，睥睨著眼前發生的一切。

那小女孩被建漢瞪得很不自在，連她身後的父母也為建漢的眼神感到莫名其妙吧。

「你們兩個幹什麼？」虎姑婆院長擋在我們面前，用力將我的頭像拔蘿蔔一樣，拔到水平的角度，然後捏著建漢的下巴，把建漢失去地心引力的腦袋拉到可以好好看人的位置。

虎姑婆院長嚴厲地看了我們倆一眼，我們只好像石像般站著。

那綁著兩條小辮子的小女孩大概滿意了，所以淺淺地、象徵性地、充滿關懷地笑了笑，抱著小豬撲滿的手也鬆開了。

小女孩的媽媽接過小豬撲滿，笑容滿面地將一大袋玩具遞給小女孩，小女孩像個小公主怯生生地拿著玩具袋，走在走廊的中間，將袋子裡面的玩具仔細地審視一番，然後挑了一個出來，交給她面前的小朋友，一個接一個，大家輕聲說著「謝謝」

後，都接過了小女孩精心挑選的玩具。

每次到了這個時候，大家的聲音都變得很自卑，一向如此。

只有站在走廊另一排的心心姊姊例外。

「謝謝妳呦。」心心姊姊摸著小女孩的頭，歡暢的聲音鼓舞著小女孩。

「姊姊加油！」小女孩熱切回應著。

我看著心心姊姊開朗的眼神，覺得自己真是沒用，大家也都很沒用。

不知道為什麼，儘管明明知道自己會出現在這裡絕不是自己的錯，但巨大的渺小感還是忍不住塞滿我的胸口，喪失座標的心被擠出身體，遺失在這條昏昏黃黃的走廊裡。

小女孩走到我的面前，看了看我，從袋子裡拿出一個塑膠玩偶塞在我的掌心，我點點頭。是以前最受歡迎的超級英雄「蜘蛛人」。

建漢看著小女孩看著他，開始翻著袋子時，建漢突然開口：「有沒有充氣娃娃？」

我大吃一驚，沒想到這傢伙真的照我們今天早上討論的做了！既然如此，我也絕不能遜色！

虎姑婆院長看著愛搞怪的建漢，卻一時聽不明白什麼是充氣娃娃。

小女孩歪著頭，也問：「什麼是充氣娃娃？」

我跟建漢全身立刻抽動起來，腰部臀部快速前後扭動，這個誇張的動作令全場哄然大笑，連不知情的小女孩也跟著大家為我們滑稽古怪的動作傻笑，但小女孩驚恐的父母立刻衝過來將小女孩抱起，玩具散落一地。

「葉建漢！王義智！」虎姑婆院長拿著桃木教鞭，憤怒地站在建漢身旁。

我跟建漢吐著舌頭，痛快地挨上一鞭。

「真是白癡。」心心姊姊瞪著我們。

「晚上不准吃飯！」虎姑婆院長咆哮著，歇斯底里的聲音迴盪在沒爹沒娘的長廊裡。

這裡是蜘蛛市的綏葦孤兒院。

不知道在「全世界最不幸的機構」中，這裡排名多少？

「義智，你會不會餓啊？」建漢看著我，這傢伙真是明知故問。

「你不問會不會死啊？」我沒好氣地說。

我們看著立著鐵欄杆的窗戶，點點星光微弱地照在潔白的床褥上。

「你有沒有仔細想過，我們為什麼會在這裡？」建漢一副老謀深算的樣子。

「因為我們沒有爸爸媽媽，這還需要問嗎？」我輕輕用腳踢向窗戶照射進來的星光，想把星光踢散。

「錯！我們不是沒有爸爸媽媽，而是我們的爸爸媽媽不要我們了。」建漢慢條斯理說道，一副事不關己的模樣。

「你比我幸運多了，至少你還看過你爸爸媽媽的樣子。」我說，繼續將星光踢出房間窗外。

我得花點時間說說我跟建漢之間的恩怨情仇，雖然在這個愛情故事裡，跟我談戀愛的絕不是小小年紀就開始長胸毛的建漢。

建漢是在七歲時進來這酷似監獄的孤兒院的，他比我大了半歲。一開始我們兩個人坐在教室裡上課時是坐在一前一後的位置，卻是整天忙著憎恨對方的死敵，這有著孤兒院傳統的結構性原因。

建漢的媽媽跟爸爸離婚後嫁到國外，爸爸灰心喪志之餘，還不忘整天把米酒當水喝，這樣持續努力不懈把自己弄成米酒人後，終於有一天喝到忘記回家，就這麼消失無蹤，建漢餓了兩天後，居然一個人撐著雨傘，在颱風夜自動跑到這裡敲門報到。說到底建漢還真是一個鋼鐵男子。

而我，據說是被不明人士放在鋪滿報紙的臉盆裡，在一個大雪紛飛的早晨放在孤兒院門口，為我抵擋住風寒的是一條跳上臉盆的流浪狗，牠愉快地跟我一起相依偎著。可恨的是，臉盆裡一點信物或是字條都沒有留下，當然我連叫什麼名字也因此變成無解的謎團，會姓「王」只是因為虎姑婆院長也姓「王」的關係。真是倒楣。

也就是說，建漢至少知道他的爸爸媽媽長什麼樣子、叫什麼名字，他待在這個臭地方很可能只是暫時的權宜之計，只要他的米酒人爸爸哪一天想起回家的路，建漢就可以回到那酒香澤國的家裡，跟他爸爸一起變成米酒人。

而我，卻註定要被關在這裡，直到我滿十八歲，或是我有能力燒掉這裡為止。

這就是我所謂的傳統結構性因素。孤兒院裡的小孩，除了有長小鳥跟沒長小鳥的分別，就是以「知不知道爸爸媽媽是誰」來劃分成兩邊，兩邊的人彼此不喜歡對方，互相認為對方自卑過了頭，事實上卻是半斤八兩。

起先建漢剛剛進來時，因為我高了建漢半顆腦袋的關係，在教室裡我坐在建漢正後面的位置。對一個眼睛長在頭頂上的新同學來說，為了維持孤兒院優良的傳統，我這個老鳥自然得好好整治整治他，於是上課時我常常拿自動鉛筆往他的脖子上亂刺，或是趁他打瞌睡時在他的背上貼著「白癡大拍賣，一個五塊錢」之類的標語，搞得他心神不寧又火大。

但這種令人愉快的場面只維持了一個學期，原本在來孤兒院前跟他爸爸有一餐沒一餐的建漢，在孤兒院裡大吃特吃後，過了一學期要排座位時，居然反倒比我高出半根指節，這下慘了，建漢被安排坐在我的正後方！從此他變成我最頭痛的剋星。真的！真的很頭痛！因為建漢常常拿鐵製鉛筆盒毆打我的頭，不只上課時如此，午間靜息時也如此，害我一整個學期都過得提心吊膽、渾渾噩噩。

該怎麼辦呢？我只好卯起來吃！吃！吃！吃！沒事就在走廊上助跑，然後跳起來摸教室的門牌，建漢看了很緊張，他一眼就看出我的計謀，所以他吃得比以前更多，甚至在樓梯上跳來跳去，一場拚命長高的惡性競爭於焉展開。

誰先長高，誰就擁有敲破對方腦袋的權力。

「幸運？我覺得不知道爸爸媽媽是誰還好過一點。」建漢說：「我爸現在不知道是不是在街上全身烏漆抹黑，跟人討酒喝？想到這一點就覺得很難受，肚子餓一點也就不算什麼了。」

建漢的肚子咕嚕咕嚕地叫。

「你會不會怪你媽媽跟別人跑了？」我問，我忘了有沒有問過建漢這個問題。

「怎麼可能？要是我媽媽繼續待在我爸爸旁邊，遲早會被我爸拿拖鞋打死，她又不是蟑螂，幹嘛無辜死在我爸拖鞋底下。」建漢說，又想了想，繼續說道：「不過當初她沒把我一起帶走，想到就很幹。」

「至少你的人生沒有謎團。」我揉著因為空腹劇烈蠕動的肚子，說：「老子的人生從一開始就是個無解的方程式，我為什麼跑到這裡來？我爸媽是怎樣的人？我還有沒有機會知道我爸媽是誰？我看連天都忘記了。」

這一連串關於人生謎團的偉大問題，就像斬不斷、燒不爛的荊棘藤蔓一樣，死命地纏住這座孤兒院，裡面有眾多院童終其一生都無法掙脫這堆荊棘藤蔓，面對自己被遺棄的命運，即使有一天他們終於走出這個孤兒院也一樣。

聽虎姑婆院長的得意手下杜老師曾說過，看門的王伯伯就是這類人的佼佼者。

當王伯伯還是九歲的王小弟時就被他媽媽送到這裡來，在門口時王小弟他媽摸著他的臉哭著說：「寶寶，等媽媽找到工作以後，一定會偷偷把你接出去的，你要勇敢在這裡等媽媽，知道嗎？」

王小弟就這麼眼巴巴地等著他媽媽，直到他十八歲考上大學後依舊不敢離去，是的，你猜到了，王小弟怕他媽媽到孤兒院偷偷相認時會找不到他，於是便賴在院裡不肯去念大學，這一賴，就賴成了管理員，從王小弟變成了王伯伯，四十年就過去了。至今王伯伯還在等待他的媽媽接他回家。

而我，則完全不知道自己什麼時候會「回到家裡」，一點線索也沒有，所以我只好靠許多幻想來支撐一個回家的夢想：

我是有錢人家的私生子嗎？有一天會有一個穿著燕尾服看起來爆有錢的歐吉桑拿著我想都不敢想的高額支票給虎姑婆院長，然後打開勞斯萊斯的車門告訴我回家的時間到了？

我是某個超級英雄的兒子嗎？我那超級英雄爸爸是為了要保護我，所以將我從小藏在孤兒院裡？總有一天超級英雄爸爸會救我出去，將我訓練成他的英雄接班人以維持蜘蛛市的和平？這個超級英雄是誰？音波俠？閃電怪客？還是牛角人？

我當然知道這僅僅是幻想罷了，但我絕不相信虎姑婆院長所說的那一套：「義智，孤兒院就是你家。」

幹啊！這裡會是我家？如果這就是我家，我的命運未免太過乖舛！

我看著這間陰暗小房，只要表現爆爛的小朋友就會被關在這間「不乖房」，在漫漫飢餓長夜中練習懺悔的技術，這中間只有兩杯水可以喝，所以懺悔的效果非常的好，整個孤兒院裡只有我跟建漢會不斷進出這間房間，流連忘返。

只因為我們有祕密武器，我們才有膽量一天到晚進來。

「哈啾！」

祕密武器來了。

我跟建漢立刻翻下床，將臉湊到鐵門下的小木板門，木板門打開透著走廊上的微光，兩個飯糰從木板門後塞了進來。

我跟建漢興奮地擠在小門邊搶著飯糰，兩人頭撞在一起，咚的一聲。

「搶什麼？是不是又要比長高了？」門後的罵聲又輕又低。

我看著門後那雙楊柳般細緻的眼睛，嘻嘻一笑：「謝謝心心姊姊。」

「謝什麼？飯糰有毒！」心心姊姊跪在走廊的地板上，兩隻眼睛毫不留情地瞪著我。

建漢接過飯糰，也是笑嘻嘻地說：「心心姊姊，又麻煩妳了。」

「知道麻煩我，以後就不要這樣惹人生氣。」心心姊姊將木板門關上，躡手躡腳走了。

我跟建漢背靠在鐵門上，拿著飯糰大啃，雖然飯糰早已冰冷，但肉鬆與海苔在嘴裡化開的滋味十分甜美，我們狼吞虎嚥一下子就全吃完了。

「心心姊姊人真好，每次都幫我們到廚房偷飯糰出來。」建漢的手指摸著臉，搜尋黏附在臉上的飯粒。

「說不定我會跟你一起被關，只是因為我想吃心心姊姊偷的飯糰。」我自言自語，咀嚼著嘴裡殘餘的肉鬆香。

「心心姊姊偷的飯糰，不知為什麼總是特別好吃喔。」建漢摸著肚子。

「所以我決定了，乾脆跟心心姊姊結婚吧。」我說，這件事只有建漢知道。

道。

「屁你個頭，我遲早要跟心心姊姊變成老公老婆。」建漢說，這件事只有我知道。

我們兩個都是認真的。

我們彼此知道，外面的星星也知道。

第二章　閃電怪客

有種東西叫愛情。愛情需要什麼，我不知道。

當時在我小小的年紀裡，愛情就等於心心姊姊，心心姊姊就等於整個世界。

早上八點，我們終於被王伯伯從不乖房裡給放出來，我們錯過了早餐時間，但王伯伯好心地給我們一人一個饅頭夾蛋，我們連道謝都來不及出口，嘴巴就被饅頭塞滿了。

「小鬼，以後別老是給人添麻煩啊！」王伯伯笑著離開。

其實我們都知道王伯伯是個好人，他總是故意忽略偷偷摸摸的心心姊姊，讓她到廚房偷東西給我們吃。

「我不想上課。」我說，饅頭已經吃完了。

「我也是，翻牆出去玩吧！」建漢舔舔手指，跟我一齊快跑出走廊，此時大家都在上課，連虎姑婆院長都在上低年級的公民課，她老是沒別的好說，盡說那堆蜘蛛人對本市的豐功偉業，都是些陳腔濫調，聽都聽笨了。

我跟建漢蹺課的好去處，是孤兒院旁邊的矮樹林，矮樹林裡還有一條小河，一個要死不活的小池塘，還有滿地的樹葉。

其實這地方不是我們兩人獨有的小天地，因為孤兒院裡的其他院童也沒別的地方好去，我們只是比較敢蹺課罷了。何況，男生不需要噁心叭啦的祕密基地！

「你有沒有想過，其實你那麼喜歡年紀比你大的心心姊姊，而不是喜歡年紀比你小的可洛妹妹，嗯……是因為你這傢伙缺乏母愛，所以有戀姐情節？」建漢深思道，他拿著一根小樹枝夾在手指間，假裝抽菸。

「你自己還不是一樣，你乾脆叫心心姊姊媽好了。」我根本懶得理會這話題，坐在樹上看舊漫畫。

我跟建漢向王伯伯要了一大堆人家不要的舊漫畫，用塑膠袋包著，藏在樹洞裡，不時拿出來翻一翻打發時間。

我最喜歡繼承蜘蛛人的現任城市英雄，音波俠，因為他很年輕，一身的藍色緊身衣非常搶眼，肌肉不會膨脹的太誇張，看起來很有速度感。總之一句話，就是造型一流。

建漢則是老英雄，閃電怪客的迷，他總是認為我們居住的城市應該命名為閃電市而不是蜘蛛市，因為蜘蛛人即使當年再怎麼勇敢、再怎麼打擊犯罪，功勳都沒有閃電怪客來得厲害，據說閃電怪客一次可以幹掉一百個人，捉到的罪犯比蜘蛛人多出一倍！

建漢常常說：「要不是十七年前，蜘蛛人為了解救這個城市跟隱形魔同歸於盡，這個城市絕對不會內疚到用他的名字命名。歷史對閃電怪客太不公平了。」

現在，我們已經很久都沒聽到閃電怪客行俠仗義的消息了，甚至也不知道他究竟還在不在這個世界上，搞不好老死了也說不定。

「你覺得閃電怪客會不會在執行任務的時候，被骷髏幫給殺死了？」我問。

「不可能的，閃電怪客的快腳速度連子彈都追不上，出拳的速度好像飛刀一樣，如果他願意，他甚至可以擊敗年輕力盛的音波俠！」建漢很有信心地說。

他刻意忽略掉閃電怪客已經行俠仗義了三十八年，是個老公公了。

「我倒希望他找個地方好好養老，不要再那麼累了。」我說，建漢也點點頭。

蜘蛛人跟閃電怪客的年代，虎姑婆院長的那個年代，已經過去了，現在電視新聞、報紙雜誌關心的，是新英雄偶像音波俠在什麼時間什麼地點，又逮捕了哪些惡名昭彰的罪犯，多少人的家庭重新得到了幸福與保障等等。

狗仔隊最喜歡跟拍的，是被懷疑為音波俠真實身分的幾個名人。

八卦雜誌最喜歡杜撰想像的故事，是音波俠神祕的童年。

電視新聞最喜歡播出由民眾不意拍攝到的音波俠跟壞人打鬥的ＤＶ影帶，以及壞人在蜘蛛警察局裡鼻青臉腫做筆錄的樣子。

而我，也最愛捧著音波俠的英雄漫畫，在連續的小格子裡跟他一起對抗邪惡的骷髏幫。

經常，血就這樣沸騰了起來。

不上課的話，真的有好多時間急著被打發。

陽光在樹葉間跳躍，這種好天氣最適合……

「建漢，敢不敢去後山探險？」我提議，看著建漢。

「你有毛病啊？」建漢嗤之以鼻。他是個表面上很敢亂七八糟，但實際上膽子卻只有我的十分之一。大概只有一枚五元硬幣這麼大。

「走吧！說不定我們能揭破「魔犬寶藏」的祕密喔！你聽見寶藏在呼喚我們嗎？」我很有幹勁地說，這是剛剛看完「音波俠 VS. 雨傘雙頭人」漫畫的後遺症。

「你不只有戀母情節，還有白癡病。我們去了七次，有哪一次揭破過你說的鬼東西？」建漢的反應真是冷淡，他的膽子已經小到隨時會跟著糞便噴出屁股。

「要是你的膽子跟你那沒用的頭一樣大就好了。」我掃興地說，要我一個人去後山，我說什麼也不敢。

此時，一個小石子飛向我的額頭，我大吃一驚閉上眼睛，一陣頭暈目眩後還是摔下樹來，而建漢也咚的一聲摔在我旁邊。

石子的主人根本不需要多想！

「哈啾！」

心心姊姊揉著鼻子，跟可洛妹妹笑嘻嘻地站在玫瑰叢後，兩人的手上都拿著小石子，一臉得意洋洋。

「昨天闖禍，今天又蹺課，你們真的不知道反省。」心心姊姊罵著，臉上卻看不出一點生氣的樣子。

「院長很生氣喔，嘻嘻嘻～」可洛妹妹樂不可支，手中的石子向我丟來，我一把就抓住，說：「妳的手勁跟心心姊姊差多囉！」

每次我們蹺課溜出來，虎姑婆院長就會派出最容易找到我們的心心姊姊出馬，將我們逮回去受罰，但心心姊姊每次都跟我們在外面溜達半天才真的提我們回去；有時候我們會偷偷坐公車去鎮上玩一整天，有時候沒有錢，心心姊姊也會豪邁地站在路中間攔下便車，帶我們去不用花錢的海邊野半天。

說實話，心心姊姊是我們心中的英雄。

「心心姊姊，妳是偷溜出來的還是虎姑婆派妳出來的？」建漢摸著額頭。

「誰像你們一樣？給我回去！」心心姊姊又好氣又好笑。

「不要啦！我們正要去後山耶！」我大叫。

「後山啊？你們有這個膽子嗎？」心心姊姊哈哈一笑。媽的，居然被看扁了。

「好啊好啊！我們去後山探險吧！」可洛妹妹拍拍手，期待地看著心心姊姊。

「可是建漢……」我正要脫口而出。

「走吧！我已經壓抑不住身體裡冒險的血液了！一個男子漢如果不冒險，全身就會癢到出疹子。」建漢翻身起來，摩拳擦掌。好一個不要臉的猴子。

「誰說要去後山了？都給我回去！」心心姊姊嚴肅地沉下臉來，但她手中的石子仍是一拋一拋的。

我、建漢、甚至可洛妹妹，都一臉懊喪地看著心心姊姊。

「我們三個是到不了後山的，但如果加上神射手心心姊姊就一定沒問題的！」我戰戰兢兢地說。這招成功的機率應該不低！

「是嗎？」心心姊姊哼哼地拋著石子，簡潔有力的短髮在風中勁揚著。

後山。

「噓，儘量別出聲。」我比了噤聲的手勢。

「噓你個頭，那些鼻子比什麼都靈。」心心姊姊恥笑我，我耳根子都紅了。

我跟建漢去後山探險已經有七次了，這個紀錄是孤兒院裡最高的紀錄，而心心姊姊跟可洛妹妹每一次都沒跟到，所以由我跟建漢在前面帶路。

後山有許多隻狗，這些狗有的是被遺棄的家犬，但大多數則是野生的猛犬，一隻比一隻大，一隻比一隻兇猛，要說他們是狼一般的存在絕不為過。這些狗在樹林後，沿著小河直溯而上的大片後山中群居，有著魔鬼般的惡名。

「不要去後山！那裡的野狗會像撕野兔一樣，將你們撕成一片一片的！」虎姑婆院長慈祥地恐嚇我們。

「不要去後山！你不知道那裡有一隻比老虎還要巨大兇惡的霸王狗嗎？」杜老師張牙舞爪地大叫。

「不要去後山！那裡的野狗多到連警察都沒能力去管！」王伯伯憂心忡忡地說。

但是，在我們這群小孩子間，卻流傳著一個不知道從何開始的大祕密！

「那些狗不是野狗，是有人養來守衛一個大秘寶的，這些狗的主人老死以後，他們就一直繼續守護著寶藏！」去年離開孤兒院的比利大哥是這麼說的。

「一隻比老虎還大的野狗？這完全是杜撰出來的鬼話啊！這是為了守護大秘寶而捏造出來的謠言啊！」上個月回到孤兒院探望我們這群小鬼的姍娣大姊神秘兮兮地說。

「埋下大秘寶的，據說就是喪命之前的隱形魔！那可是難以估計的黃金啊！」

自以為聰明的友里子推推眼鏡。

我想，大秘寶的傳言多半是假的。

我雖然是個沒爹沒娘的孤兒，但要騙倒我可沒這麼容易。

「真的有寶藏嗎？」小我們一歲的可洛妹妹滿心期待地撥開草叢。

「一定有的，謠言不會無地起風。」建漢裝作老成持重的樣子。

「我覺得沒有，你想想，如果真的有寶藏，市長難道不會派人來挖嗎？野狗再多再兇，也不會有認真辦事的警察厲害啊！」我看了看心心姊姊，說：「心心姊姊，妳認為呢？」

「我相信有。」心心姊姊的回答大出我意料。

「為什麼？」我詫異。探險對我來說，有個大秘寶的想像只是個浪漫的附加，但我一直不覺得有實現的可能。

「有的話，不是很好嗎？」心心姊姊吐吐舌頭，看樣子她的心情好的不得了。

心心姊姊會進來這座孤兒院，是因為在她兩歲的時候，在一個大雪紛飛的聖誕節裡，父母遭到當時橫行霸道的紅鼻子幫搶劫，不幸在過程中給無情地槍殺了。心心姊姊今年十七歲，比我跟建漢大了兩歲，她明年就會離開孤兒院念大學去，她也是全孤兒院年紀最長的七個人之一。所以說，我只剩下一年可以追到心心姊姊，不然她就要被醉生夢死的笨蛋大學生給泡走了。

而可洛妹妹比我跟建漢少了一歲，她跟我一樣，都是在還是個嬰兒時就被放進籃子，然後用布包一包就丟在孤兒院門口。據說當時可洛妹的哭聲很細小，全孤兒院只有四歲的心心姊姊聽見，她開門，然後抱著可洛妹進來，坐在台階上泡奶粉餵她，直到被虎姑婆院長發現。可洛妹年紀也老大不小了，卻老愛黏在心心姊姊身邊當跟屁蟲，心心姊姊走到哪可洛妹妹就跟到哪。坦白說我還真替她擔心，明年心心姊姊離開孤兒院時，可洛妹大概會想盡辦法把自己塞進心心姊姊的行李箱吧？

我們聽心心姊姊的話沿河邊旁的草叢走著，她說河水會沖淡我們身上的氣味，讓那些狗鼻子失靈一陣子。這點我跟建漢以前都沒想過，所以自然被狗追到半死。

「你們以前來這邊，真的有遇到很多隻野狗嗎？」可洛妹妹問。

「嗯，常常被追著跑，跑到差點斷氣。」我承認那的確是很不好的經驗。

「數百隻狗是沒的，但五、六十隻跑不掉，我跟義智懷疑我們遇到的只是其中的一群。」建漢故意將情勢說得很險峻。

「傳說中的霸王狗呢？」心心姊姊問，手裡的樹枝撥開草叢。

「沒啊，沒看見特別大隻的，但狼狗不少！」我嘖嘖。

可洛妹妹露出害怕的表情。

「別害怕，姊姊保護妳。」心心姊姊笑著，她的酒渦很深很深，口袋裡裝滿了小石子。

「那我保護妳！」建漢挺身擋在心心姊姊面前。

「我才保護妳！」我也不遑多讓，挺起胸膛。

心心姊姊拿起樹枝，給我們兩個一人一個爆栗。

此時，遠方的草叢微微晃動。

「狗尾巴！」我慘然壓低聲音。

十幾條狗尾巴在草叢上搖來搖去。

我看了看心心姊姊一眼，心心姊姊深深吸了一口氣，示意我們蹲下。

「要不要把他們趕跑？」我故作神勇低聲說道。

心心姊姊用看著白癡的遺憾眼神看著我，搖搖頭。

那幾條尾巴盤旋一陣後，不久就往西邊的山深處狂吠跑去，不知道是不是聞到野兔的氣味。我們鬆了一口氣。

「走吧。」心心姊姊也如釋重負。

我們繼續往前走，山裡的風景也越來越好看，已經超過我跟建漢以前曾到過的地方。以前我跟建漢只是隨性地胡走，自然走不了多遠。

「妳看，那裡有座廢棄的工廠。」心心姊姊指著遠處一座荒廢的大鐵殼屋，不知道那裡以前是什麼樣的工廠還是住家。

「要過去看看嗎？」可洛妹妹躍躍欲試。

「好啊！」心心姊姊牽著可洛妹妹，我跟建漢一左一右跟著。

沒想到，才離開河水沒有三分鐘，遠處就聽見一聲低吼，旋即喚起數十聲高亢的共鳴，只有一瞬間，我們就被亂中有序的高低吼聲給包圍，吼聲有遠有近，有大有小，但絕不是單純的此起彼落。

而且，共鳴高高低低地快速擴大範圍，連遠遠的山頭都傳來隱隱約約的吼聲。

數百隻狗群的傳言，居然不假！

「怎麼辦？要衝進去河裡嗎？」建漢緊張地說。

「來不及了，不要慌！」心心姊姊的聲音也帶著不知所措。

幾隻眼神兇惡的狼狗在河邊作態要撲上來，低聲吠著。

「快跑？」我簡直不敢動，一手握緊拳頭，一手放在可洛妹妹緊繃的肩膀上。

心心姊姊搖搖頭，然後勉強笑了笑：「不要有大動作、不要瞪他們、不要大聲說話。我想應該不會有事的。」

就這樣，我們被越來越多隻的野狗遠遠近近的包圍，我們手牽著手，一股勁地微笑。

我感覺到可洛妹妹的手心是冰冷的，但心心姊姊的手心則全都是熱呼呼的汗水。心心姊姊的心裡還有希望，只要是這樣我就放心了。

突然間，一聲蒼涼雄勁的吼叫自遠而近，速度驚人，草叢上數百條矗立的尾巴頓時一齊垂下，每一條狗都安靜坐下，頭低低的低聲嗚嗚。

「霸王狗！」可洛妹的臉色慘白。

一條巨大的灰白色大狗昂首闊步朝我們走過來，牠是一隻短毛、長腳、身上創疤處處的巨犬，雖然沒有像傳說中如老虎般巨大，甚至不是這群狗中最大的一隻，但牠的眼睛瞇了起來，右眼上有一道漫畫裡壞人才具備的刀疤，眼神極為有威嚴。

「吼……」巨犬低沉地吼叫，瞪著心心姊姊，似乎知道她是我們的頭頭。牠的嘴巴露出像鱷魚般的牙齒，每一顆都像磨得光亮的匕首。

「嗨！」心心姊姊努力擠出一個微笑。

「吼……」巨犬的額頭上爆出一條青筋，眼睛噴出光來。

看來，一場大戰是避無可避的了！

「擒賊先擒王？」我咬牙。

「我抓住牠的脖子，義智，你抓住牠的肚子抱起來。」建漢的胸口劇烈起伏。

那巨犬似乎聽得懂我們的談話，不只是額頭上，全身一塊塊肌里分明的肌肉全都鼓脹了起來，數條憤怒的青筋像蚯蚓一樣在肌肉上快速盤動，十分詭異嚇人。

巨犬張大嘴巴，鱷魚般的牙齒震懾住我跟建漢的手腳。

「你們兩個不要亂說話，對不起，我們是沒有惡意的。」心心姊姊忙說，但已經來不及了。

巨犬的憤怒使牠身上的傷疤發出青綠色的刺眼光芒，牠的情緒像電波一樣盪開，影響到所有的數百隻野狗。瞬間百吠齊鳴。

「慘了慘了！」我心裡嗚呼哀哉。

「跑！」心心姊姊大叫。

巨犬大吼一聲，所有的野狗全都一齊撲上！

跑？我的眼睛一花，四人全踉蹌跌在地上。

「乖狗！」

十幾隻最靠近我們的猛犬一齊翻倒，我卻只看見一道眩目的黃色閃光像龍捲風一樣在我們四人身邊飛跑！我們四人驚詫地互相對視。

巨犬冷峻地停止吼叫，不動聲色地看著閃光龍捲風，而數百隻野狗也安靜下來，被閃光颼風颳倒的十幾隻野狗翻身而起，並未受到什麼傷害。

「閃電怪客！」建漢高興大叫。

閃光龍捲風嘎然停止，一個滿臉皺紋的老人站在建漢的面前，頗有興味地看著他，說：「小朋友，你認識閃電怪客？」

建漢表情喜悅不勝，大聲說道：「你就是閃電怪客！你就是閃電怪客！」

那老人聳聳肩，搖搖頭說：「不是，閃電怪客已經死了，我只是他的朋友。」

但老人的皺紋一起擠在眼睛旁，絲毫掩不住他高興的心情。

「不可能的！這一招『閃光龍捲風』全世界只有閃電怪客才辦得到！」建漢欣喜若狂地說。

「是嗎？」老人答得有些靦腆。

「能夠以高速製造出龍捲風的只有三個超人，其中一個在一百二十年前就死了，另一個是在英國倫敦的雷霆羽毛人，但去年度的超人大評比雜誌說，雷霆羽毛人的速度只有閃電怪客的一半！絕不可能製造出這麼快的閃光龍捲風！」建漢連珠砲似地說，一句句都叫老人的眼睛瞇了又瞇，變成一條線。

雖然我也很驚訝，但我們都比較關心圍在我們身邊的大批野狗，那隻巨大的猛犬傲氣十足地看著遠方，不理會我們，卻也不離開。

「牠們好像沒那麼兇了？」可洛妹妹緊張地說。

「是啊，那個老伯伯應該認識牠們吧！」心心姊姊說。

「什麼老伯伯！他是閃電怪客！」建漢大聲喊道。

那老人笑笑，說：「是也好，不是也好，這裡不是你們這群小鬼待的地方，快快走吧，也不要跟其他人提起這裡發生的事，這群狗只是被這個世界排斥、遺忘、傷害的可憐蟲，只有在這個邊緣地帶才有牠們自由的空間，至於我，也只有這個謠言四起的地方才能讓老頭我好好養老，所以，走吧，別帶任何東西就走吧！這裡的狗不會傷害你們的。」

老人的態度很和氣，但這番話已經不否認他就是閃電怪客的事實。他穿著白色汗衫、黑色寬大長褲、還有一雙沾滿泥巴跟補釘的破布鞋，十足的鄉野農夫，一點都沒有當年威風八面、獨挑百人的英雄樣。

巨犬瞥了老人一眼，老人抖抖眉毛笑笑。

巨犬的鼻子無奈地噴噴氣，數百隻狗霎時間全揚起尾巴解散，好像紀律嚴明的軍隊。但巨犬並不走開，似乎要盯著我們離開為止。

牠只是不可一世地用下巴看著我們。

「你看，狗都比我威風。」老人自我解嘲。

「等等！我不要走！我好不容易真的見到了你！非要纏著你說幾天的話不可！我是你的發燒迷啊！」建漢急切地說。

「我的發燒迷？我風光的時候，你恐怕還沒出生啊。」老人莞爾。這句話根本就承認了他的身分。

「但你的英雄事蹟一直都在啊！我跟義智有好多關於你跟蜘蛛人聯手打擊犯罪的漫畫啊！還有！還有！還有我們孤兒院也常常放你的電影！總共七集我都有看喔！我最喜歡第六集！你打敗笨頭笨腦三兄弟那一集！那一集超熱血的！義智最喜

歡第七集！對不對！」建漢瘋狂地說著，我在一旁點頭，豎起大拇指。

雖然我不是閃電怪客正牌的迷，但親眼看到本人，我內心也是一陣激盪，心心姊姊跟可洛妹的臉上也是迷惘跟驚喜交織的複雜畫面。

「拜託！請不要那麼快趕我走！」建漢近乎哀求地看著閃電怪客。

「我們不會說出關於這裡的一切，任何一切！」我舉手發誓，心心姊姊跟可洛妹也一起舉手，兩人笑得像盛開的花一樣。

閃電怪客插著腰，看著巨犬。

廢棄的工廠，其實就是閃電怪客隱居的新家，荒蕪的外表和斑駁掉漆的鐵殼貨櫃是最好的掩飾。

我們在閃電怪客的帶領下走進他的居所，在空曠的貨櫃中，他搬了兩張長板凳給我們坐，自己坐在一張破破爛爛的董事長旋轉皮椅上。

地上有一堆火，兩根鐵條間吊著一壺開水，巨犬倨傲地趴在工廠外曬太陽，看都不看我們一眼。

閃電怪客小心翼翼拿起開水，亂七八糟丟了一堆茶葉進去，遞給我們一人一杯茶。

「這裡就是你隱居的地方？」建漢精神奕奕。

「嗯。」閃電怪客。

「這裡一定有個裝滿道具跟武器的地下室吧？」心心姊姊捧著茶呼氣。

「沒有。」閃電怪客。

「閃電怪客才不需要武器咧！」建漢忍不住反駁，期待地看著閃電怪客。

「嗯。」閃電怪客靦腆地說。

「你還留著以前的衣服嗎？你認識月光姆奈嗎？」可洛妹啜了一口茶問道。她是女英雄「月光姆奈」的迷，月光姆奈是前年才出現的新英雄，以氣質出眾為最大特色，專門解救善良無辜的未成年少男少女。

「我不認識月光母奶，以前的衣服我早穿不下了，妳看，我肚子都一大圈了，跑也快跑不動了。」閃電怪客不好意思地說，拉起自己的白色汗衫，露出肥肥的肚子。

「但你還是寶刀未老啊！剛剛你露的那一手就超讚的！好猛啊！」建漢幾乎要鼓掌。

閃電怪客一直搖手，但看樣子真的很高興，說：「現在我的體力真的不比從前，以前我真有把握在敵人開槍前就把二十幾個人摺倒，但是現在改良過的U型子彈……速度更快了，我這條老命拚不起來啊，哈！」

「謝謝你剛剛救我們，我們真的很亂來，明明知道危險還來。」心心姊姊很有禮貌地道謝。

閃電怪客點點頭，說：「我剛剛煮水煮到一半，外邊那群狗吠得可厲害，我一聽就知道又有人來了，唉，這鬼地方已經有好些年沒人來了，我才能落得清閒，但你們既然被狗包圍，亞里斯多德又出面，我能不出來救你們嗎？所以拜託請不要洩漏我的行蹤，也不要鼓勵其他人上山，到時候我被迫去找另一個地方隱居不打緊，但這幾百隻狗要找到更好的地方野居……就很困難了。」

但閃電怪客頓了一頓，自嘲地說：「但，這都是我多慮了，那些記者根本不會上來找我，他們只關心那個叫音波超人……」

「音波俠！」我糾正。

「嗯，音波俠，他們只關心他跟其他新英雄的事蹟，這點我最清楚了，這也沒什麼好怨的，行俠仗義不是想得到鎂光燈，況且……況且以前我取代了紅茶紳士的英雄地位時，我也是滿心雀躍，沒想過自己也會有沒有掌聲的一天。」閃電怪客傻笑，有些難為情。

這也難怪。

建漢會知道十二年前悄聲引退的閃電怪客，完全是因為我們有一大堆舊漫畫，以及孤兒院經費不足，一天到晚放老電影的緣故。

我在想，如果我們被一團閃光龍捲風包圍、解救，卻不曉得救我們的人居然是以前鼎鼎大名的英雄，不曉得閃電怪客會有多傷心。

心心姊姊舉手。

「請說？」閃電怪客摸摸頭，他從以前就不習慣接受記者訪問，他總是用他旋風般的速度逃走。

「亞里斯多德是那一隻霸王狗的名字嗎？」心心姊姊。

「是啊。」閃電怪客說：「我幫牠取的，牠沒反對，就這麼定了。亞里斯多德是一隻從小就受盡人類虐待的野狗，牠的命運很悲慘，一身都是被毒打的傷疤，牠甚至被人類抓去作輻射實驗，牠拚命逃走後就再也不信任人類，牠之所以會攻擊你們，只是因為他害怕以往的經驗重演，那可不是與生俱來的敵意。」

後來我才知道，亞里斯多德從輻射實驗中得到了不起的異能力。

「有部電影說你的能力是從小被一道閃電劈到，所以開啟了你的超能力，這是真的嗎？」建漢問。

「祕密。這是每個英雄的祕密。」閃電怪客笑笑。

「請問你真的在擊敗了玫瑰奴隸王之後，還放了他一條生路改過自新嗎？」建漢繼續問。

「是，但是兩個月之後我親自把他沉到海底。」閃電怪客發笑。

「超人大評比雜誌中認為你在歷屆超人中的戰鬥力排名，比蜘蛛人還要厲害五名，你自己覺得跟蜘蛛人哪一個比較厲害？」我舉手。

「我們私下開玩笑地比試過，兩人實際上相差不多，只是我比較擅長以一敵多，所以雜誌將我的戰鬥力捧得高些，其實蜘蛛人單打獨鬥的本事略勝我一籌。」閃電怪客悠悠地說。

「你打算復出嗎？」可洛妹舉手。

「不。」閃電怪客。

「當世界需要你呢？」我舉手。

「不。」閃電怪客。

「如果有這個世界難以抵擋的敵人出現呢？」建漢舉手。

「不。」閃電怪客。

建漢難過地看著閃電怪客。

閃電怪客安慰著建漢，說：「總是有英雄的，總是會有英雄挺身而出的。」

「但閃電怪客只有一個啊！」建漢哭喪著臉，心心姊姊伸過手去握緊他的手。

閃電怪客落寞地低著頭，說：「時間不早了，你們該走了。」

我們尷尬地看著彼此，只好站了起來。

「順著河走下去，你們會知道路的。」閃電怪客放下茶杯，隨意揮揮手。

建漢想說些什麼卻只是杵在一旁，我明白他是想說些鼓勵的話道別。

「既然老英雄怎麼都不肯重出江湖，那……」心心姊姊微笑，說：「如果我們懷念老英雄，可不可以常來這裡玩？」

閃電怪客不知所措地看著我們，建漢熱切地看著他。

「還不快謝謝閃電老英雄！」心心姊姊拉著我們，我們趕緊大聲說謝謝，閃電怪客只好不住地揮揮手，不置可否的態度只是顯露出他的害羞與歡喜。

我們走出廢棄工廠，亞里斯多德瞪了我們一眼，然後就撇過頭去看著遠方。

建漢戀戀不捨地回過頭，看著把長褲捲到膝蓋的閃電怪客，說：「閃電怪客阿伯，你可不可以再露一手我最喜歡的閃電雙龍斬？」

閃電怪客愣了一下，不知道該怎麼回答。

建漢只好摸摸頭，轉過身去。

也許，傳說中的閃電雙龍斬只是漫畫杜撰出來的怪招吧？

「等等。」

建漢又驚又喜地轉過頭，我們都很期待地看著站起身來的閃電怪客。

閃電怪客拍拍手，乾咳了兩聲。

我的眼前黃光雷動，頭髮被強風刮得直起來，腳步不穩。全身上下數百萬的毛細孔好像在千分之一秒中酥酥麻麻地打開。

轟的一聲悶響，來自我們的背後，我們一轉身，只見漫天的石屑像慢動作飄浮在四周，石屑粗細不一、高低不定，每個石屑上都繚繞著金黃色的電氣，我們有如置身銀河之中。

閃電怪客氣喘吁吁地站在兩條偌大的裂縫旁，那兩條裂縫不斷冒著白色的熱氣，好像被兩柄霸氣萬千的奔雷巨斧給劈開似的，但裂縫雖深雖寬，崩碎的痕跡卻只有兩公尺多，跟漫畫裡一次可以崩開整條馬路的氣勢相差頗多。

或許是老了，或許是怕我們受傷，但我心中的感動卻絲毫不減，更因身歷其境感到極為熱血。

石屑紛紛墜落。

我們周身毛細孔舒張的酥麻感也消失了，電氣無影無蹤。

「好厲害啊！」建漢鼓掌，興奮地大吼大叫，我們也感到很炫很棒。

閃電怪客不斷咳嗽，臉都漲紅了，好像小孩子那樣開心笑著。

「謝謝你們還記得我。」閃電怪客不好意思地說，向我們拱手道別。

亞里斯多德閉上眼睛睡覺，好像剛剛的閃電雙龍斬沒發生過似的。

第三章　道別的沖天砲

因為奇異的邂逅，使得我們回到孤兒院時已經是黃昏了，我們答應過閃電怪客守住祕密，所以我們杜撰了一個「玩到忘記時間」的平凡理由，連心心姊姊跟可洛妹都被虎姑婆罵得很慘，因為心心姊姊說她們不小心就跟我們玩在一塊了。

「你們這群不知感恩的小鬼！」虎姑婆總是這樣罵我們，我們也早就免疫了。

晚上，當所有的小朋友都在走廊、院子裡玩遊戲時，我們四個人就被鎖在孤兒院的小教室裡罰寫功課，內容是數學一百題與歷史地理背誦，而心心姊姊下個月就要參加會考了，所以她很認真地在一旁做練習題。

建漢趴在桌上，甜甜地回憶著與閃電怪客的相遇。我想過不了幾天，建漢這傢伙就會要我陪他再去找閃電怪客聊天了吧。

我看看心心姊姊，她專注的表情令我不安。

「心心姊姊，妳最想考上什麼科系啊？」我問，雖然我已經問過一萬次了。

「社會福利，跟撒克語。」心心姊姊頭也不抬，繼續做她的練習題。

「妳會想留在蜘蛛市嗎？」我問，雖然我自己以後很想離開這個大城市……因為我就是在這裡被遺棄的，但在我展開流浪之前，我希望心心姊姊不要離我太遠。

「蜘蛛市有八個大學都有社會福利系，三個大學有撒克語系，我留在蜘蛛市的機會很大，雖然鄰市的大學也很多。」心心姊姊說，翻過一頁。

我跟建漢微笑地互看一眼，心心姊姊這樣的大好人一定會常常回來看我們的。

可洛妹妹拖著腮幫子，沒好氣說：「你們兩個是沒希望的，像心心姊姊這麼好的人到哪裡都會一下子就被追走啦～尤其是在市中心的大學裡，那裡的男生又高又壯，又聰明又會運動，你們比不上的啦！」

建漢嘻皮笑臉說：「心心姊姊走了以後，有一個女生就變成一個人囉，到時候我們就可以每天打她的頭，好可憐喔～」

我嘆了一口氣：「一個人的滋味，唉…這世界上最悲慘的事，就是一個人了…」

可洛妹妹哇一聲哭了出來，而且還是號啕大哭那種糟糕的哭法，心心姊姊趕忙丟下書本安慰她，順便狠狠地罵了我們一頓，我們兩人簡直快要立正站好。

「對不起啦，我們是開玩笑的！我們會好好照顧妳的啦！」我忙說。

「你們一定會欺負我！一定會趁心心姊姊不在欺負我！」可洛妹妹一把眼淚一把鼻涕地指控還沒發生的事。

心心姊姊拍拍她的肩膀，說：「不會啦，他們只是嘴巴說說，而且他們只是年紀比妳大，其實根本就是小孩子，我走了以後還要麻煩妳繼續照顧他們哩！」

可洛妹妹擦擦眼淚，眼睛紅的跟什麼似的。

心心姊姊摸著可洛妹妹濃厚可愛的眉毛，說：「妳自己看看他們，義智那個上廁所常常忘記拉拉鍊的小鬼，像是妳的大哥哥嗎？那個已經開始長胸毛的建漢，到現在還是會尿床，妳覺得他敢打妳的頭嗎？以後妳可以幫我好好照顧他們，別讓他們玩得太野，他們被關進不乖房的時候，還要哭著求妳偷東西給他們吃呢！」

我跟建漢面面相覷，我的媽啊！真是被徹底看扁了。

可洛妹妹似笑非笑地看著我們，心心姊姊用手指刺了她的肚子一下，可洛妹妹一癢，終於破涕為笑。

「好了，現在都給我看書、寫功課，不要再吵我了，要是我成績不夠上蜘蛛市的大學，你看我會不會特地回這裡看你們。」心心姊姊老氣橫秋地說。

這可不是鬧著玩的，我們一下子就乖乖坐好，拿起課本啃。

我打開老舊的收音機，將音量開到很小很小放在桌上，一邊念書一邊聽著廣播，而建漢也打起精神作拿手的數學題目。

窗戶外面正下著大雨。

「……根據剛剛從市警局傳來的最新消息指出，骷髏幫幫主骷髏大帥已經被音波俠擊敗並會同警方逮捕，目擊者指出，一個多小時前骷髏大帥在高達一百三十層樓高的貝登大樓樓頂的百貨公司裡搶劫作案後，正要搭乘大樓外接應的直升機逃跑時，遭到音波俠的音波拳攻擊，兩人大戰的現場一片狼藉，骷髏大帥的右手據信已經遭到音波俠折斷，現在正在市警局接受筆錄……」

我微笑，真不愧是音波俠。我閉上眼睛。

「……是啊！我當時就躲在櫃台裡面，但你知道的嘛！我也是音波俠的粉絲啊！我當然勇敢地偷看他們打架，音波俠的碎音拳眞的很經典！現場看果然跟在電影院裡看到的差遠了。碎音拳！碎音拳可眞的叫我的耳膜快飛出去了……」

「……我叫三村，我這輩子最感　的一刻，就是當我看見音波俠跟骷髏大帥分出勝負的那一瞬間……」

「……哇！當時玻璃全都碎了！坦白說來來去去眞是太快了！我只聽見……你別說我膽小！這場勝負眞的只能用耳朵見證一切啊……」

「……我今年七歲，我長大以後不想當警察，我要當音波俠……」

廣播在風雨中訊號有些斷斷續續，但那些語句轉化成精采動人的畫面，歷歷如真在我心中重演。

我甜美的進入夢鄉。

後來，我跟建漢常常蹺課，或是在假日的時候偷偷到後山去找閃電怪客聊天，心心姊姊跟可洛妹妹有時也會一起去，但她們對追求英雄的熱情實在不比我們男生，她們只把到後山的路程當作是徒步郊遊，而不是狂熱的追星活動。

「白癡，這不是男生女生的問題。」建漢說。

「不然呢？」我反問。

我們一邊丟著小石子，一邊胡亂聊著。

「心心姊姊其實不相信這世界上是有英雄的，她爸爸媽媽被殺的時候，城市英雄在哪裡？她嘴巴不說，但她根本對英雄沒有興趣，英雄不應該只是有超能力的人，他們應該及時挺身而出。」建漢說。

「也對。」我承認：「可洛妹妹的英雄其實再明顯不過，就是將她從大風雪中抱進孤兒院的心心姊姊。」

建漢點點頭，說：「她們一個不相信英雄，一個已經找到了自己的英雄。而我們男孩子最脆弱了，哈，我們的英雄定義總是比較簡單。」

說著說著，我們已經沿著小河，看見了那座廢棄的鐵皮工廠。

一路上有幾隻野狗跟著我們，到後來越來越多，我跟建漢卻不再懼怕，因為牠們似乎得到了某種指示，將我們排除在入侵者之外，牠們只是跟著、跟著、跟著，有時我跟建漢還會撕幾片麵包給牠們啃。我知道這全是亞里斯多德的命令。每次看見牠用那充滿不屑的眼神瞥著我們，我都會感到一陣頭皮發麻。

亞里斯多德也許比獅子還要強壯，雖然牠從來沒有試圖證明。

我們走進廢工廠，亞里斯多德抬起頭來，看了我們一眼，我跟建漢忍不住後退了一步，牠的鼻子不屑地噴氣，然後將頭撇向另一邊。

「你們來啦，正好陪我吃點麵吧！」閃電怪客指著地上被溫火捧住的鍋子。他依舊將褲管捲到膝蓋，右手不停地摳著腳底板。

「好啊，今天我們想聽聽你跟那個女記者之間的愛情故事！」建漢笑笑，跟我一齊蹲在地上，拿起筷子撥弄鍋子裡的麵條。

亞里斯多德站起來，走開，臨走前還不忘朝著我的臉放了一個臭屁。

一整個午后，常常就這麼過了。

幸運的話，我們不只會聽到老到掉牙的故事，還能一睹沒有經過電腦特效修飾的華麗絕技，閃電百人拳、十丈破空踢、驟雨隱、電磁取物、暴雷沖天吼。

雖然，這些絕技跟我們想像中的樣子有一大段距離，但我們都能理解歲月對一個老英雄留下的不只是痕跡，也帶走了些什麼。

閃電百人拳縮水成閃電五人拳，而且只能支持三秒。

十丈破空踢不僅沒有十丈，更沒有破空。

驟雨隱驟是驟了，隱卻沒有隱好。

電磁取物倒還靈活，只是東西常常飄啊飄啊在半空中就自己掉了下去。

暴雷沖天吼，吼得是很大聲，卻沒有像漫畫格子裡那些震動顫抖的狀聲字那樣有魄力，也沒有沖天。

我跟建漢總是大聲喝采，因為這些絕技跟著閃電怪客一起變老了，變得很有人情味，而不只是無情的殺人術、擊倒、再擊倒。沒有敵人了，只有我們兩個忠實的觀眾，因此這些絕技變成了一種回憶，一種情感。

那時我常常會想，音波俠老的時候，是不是也會像閃電怪客一樣，渾不在乎自己的形象躲在沒有地名的角落，用嘴巴裡的故事，和氣短力缺的表演，度過剩下的昏黃歲月。

也許，這就是英雄必然的遲暮？我是說，如果他並未戰死的話。

但閃電怪客的家人呢？是他從未擁有過，抑或是英雄本來就不該有家庭的羈絆？我不敢問，也不想。我自己就不喜歡別人問我身世等問題，如果閃電怪客願意的話，他自然會說的不是嗎？

「謝謝你，今天我們玩得很開心！」我說。麵早已吃完了。

閃電怪客總是坐著，揮揮手，老態龍鍾的彎著腰，羞赧笑笑跟我們道別。

心心姊姊的成績單在今天早上寄到，九〇三分，分數不低，應該足夠成為蜘蛛市市立大學社會福利系的新鮮人，另外六個大哥哥大姊姊考得也不錯，虎姑婆院長還特地在門口放了七串紅鞭炮，一整天孤兒院都喜氣洋洋的。杜老師還在朝會演講時一再提到：「各位同學們要記取這幾位大哥哥大姊姊努力考取好成績的精神，本院備有充分的教育基金，絕對可以支付每一個大哥哥大姊姊第一年上大學的全額費用，就是希望大家都能努力讀書，將來能夠為自己，也為所有的弟弟妹妹們爭取更好的教育機會……」

我遠遠看著站在升旗台上的心心姊姊，她站在接受表揚的七個人中間，一雙眼睛正看著我跟建漢，神色間說不出是高興還是惋惜。

遠遠的，她又打了一個噴嚏。

我吐吐舌頭。

「心心姊姊對你真是越來越過敏了。」建漢忍俊不已。

「虎姑婆院長還真是好心，第一年的全額補助，夠心心姊姊慢慢找打工的機會了。」我說。

「真羨慕她，已經可以離開這個鬼地方了。這地方跟軍營沒兩樣。」建漢說。

杜老師繼續在升旗台上口沫橫飛，接著，就是七個準大學新鮮人輪番發表考試準備的經驗，一個說得比一個還要長，有個金髮的大哥哥甚至從他六歲進孤兒院的奮鬥故事開始講起。在大太陽底下，建漢閉上眼睛陷入昏迷，我低著頭看著鞋子上的泥巴漬，泥巴漬晃動著。

外面的雨下得好大，我獨自一人坐在院子前的長廊末，雨水滴滴答答、答答滴滴、滴滴答答、答答滴滴。

那時，我十歲。距離我變成孤兒正好滿十週年。

每到我被拋棄的那一天，我都會陷入跟我年紀不對稱的愁緒裡，那愁緒很巨大，有時會出現在我的夢裡，化身為一頭大到看不見尾巴的鯨魚，牠的嘴巴張開，好大好大的黑，可是卻不急著把我吞下去。就這麼張著。

這讓我很焦慮，焦慮到最後，變成一種慣性的哀愁。一種不應該被十歲小孩擁有的情緒套在心裡，不必等鯨魚將我吞下，我自己就沉到了墨綠色的海底。

「哈啾！」

心心姊姊拿著剪刀，站在我後面。剪刀片一開一闔。

「幫你剪頭髮。」心心姊姊。

「不要。」我低下頭。

「為什麼？」心心姊姊。

「上次妳把我剪得好醜。」我摸著頭，上次我頂了非常像西瓜的西瓜頭，長達兩個月。

「……頭過來。」

心心姊姊抓起我的頭，一剪一剪，我毫無抗拒之力。髮絲一塊塊慢慢掉在我腳下的報紙上，我看著發愣。

雨珠沿著屋簷流下，像幅古老的日本畫。

「你的頭髮有點褐色，說不定你爸爸還是媽媽有一個是西方人。」

「是嗎？」我不置可否。

「不感興趣嗎？」心心姊姊笑笑。

「怎麼感興趣？我一點印象都沒有，當時還是小娃娃不是嗎？」我感到窘迫。

此時我感覺到冰冰涼涼的刀片順著一個弧度，慢慢刮著我的後腦。

「這裡好爛，糟透了，總有一天我一定要逃出這裡。」我忿忿不平。

「總有一天是什麼時候？」

我不說話，這個問題我當然也想過。

頭髮落下。

「算了。」我想起了什麼。

「為什麼算了？」

「反正外面也沒有人在等我，也沒有人知道我，我出去以後也不知道應該去哪，該找誰……這個世界真是一頭王八蛋，王八蛋透了。」我感到沮喪。

「以後我出去了，你可以來找我啊。」

「嗯？」我心頭一空，四肢發熱。

「我出去以後，就有人在等你，知道你，你也就知道應該去哪裡，該找誰了。」心心姊姊一邊說，一邊繼續揮舞手中的剪刀。

我半晌說不出話來。

雨一直下到半夜，我的靈魂也一直待在那著滴水的長廊，屋簷下。

後來，我照了照鏡子，是個龐克。

「都幾歲了，還玩這個？」建漢抱怨著。

「咦？我記得兩年前你們還很喜歡啊？」心心姊姊糗著建漢。

「我怎麼一點印象也沒有。」我裝傻。

四個人，在後山一棵視野最棒的大樹上，拿著煙花燦爛的仙女棒胡亂搖著，金色的火花像螢火蟲般在深夜的樹林裡跳躍、恣意流瀉，有時我會將快要燒盡的仙女棒甩向天空，讓它乘著微風在空中漂亮旋轉，然後墜落。

我看著坐在上前方的心心姊姊，她輕輕踢著腳，眼睛眺望著灰白的孤兒院，沒有感傷地哭，也沒有應景地流淚。

她只是看著。整夜。

也許十幾年來的點滴回憶都在她的眺望中如跑馬燈一一掠過，也許沒有。

也許她正在感謝，也許她正在用沉默的尊敬做道別。我看不出來。

我不知道，有一天我終於要離開這裡的時候，我是不是也會這樣看著它，然後突然明白心心姊姊今天晚上在想些什麼。

可洛哼著歌，像個音樂家，對著樹林裡從未歇止過的蟬鳴蛙叫揮舞著手中的金光指揮棒，沉浸在夏夜道別曲裡。

很難想像心心姊姊離開孤兒院之後，我會用什麼樣的心境繼續待在這裡，但當時坐在大樹幹上的我根本不去想這個問題。心心姊姊還在我身邊一刻，我就拒絕去思考什麼叫做「有種東西突然被抽離了身體」這句話的意思。

建漢顯然也不願意多想，他用腳趾夾住仙女棒，雙手拿著猛冒白煙的煙霧彈，將自己隱身在硫磺氣味的白霧中，嚷著：「天啊！天啊！我看不見了！」

可洛停止自我陶醉的演奏，不可置信地瞪著白癡的建漢，心心姊姊卻哈哈大笑，差點摔下大樹。

「笑個屁啊？」我懊惱地埋怨。心心姊姊明天就要走了，但她卻一點悲傷或惆悵的感覺都沒有。

「義智在生我的氣啊？捨不得我喲？」心心姊姊笑得更暢懷了。

我嘆了一口氣。

心心姊姊好像沒有傷心的時候，也許這就是我最需要她的地方。

「來玩這個吧！這個才是男子漢應該玩的好東西啊！」建漢大叫，他也沒有什麼煩惱似的。

建漢從背包裡拿出幾個玻璃瓶子，還有一大把沖天砲！

「天啊，有時候我真討厭你們這些隨時都在大笑的笨蛋，搞得我一滴眼淚都掉不出來。」我笑了出來，接過玻璃瓶子，插上一根沖天砲。

「義智、建漢、可洛，我走了以後，你們以後也要這樣開心才行！」心心姊姊開心地喊道：「我們都是一家人！過幾年我們一定會再相聚的！」

「喔喔喔喔喔喔喔喔喔，祝心心姊姊一帆風順啊！」我大叫，將仙女棒的火星對準沖天砲的引線，點燃。

「一帆風順！永遠別忘記我們啊！」建漢站了起來，在搖搖擺擺的樹幹上大叫著，手中沖天砲的引線已經吱吱冒煙。

「一定會再相聚的！」可洛也站了起來，將玻璃瓶高高舉起、晃著。

四雙眼，四顆曾被遺棄的生命從此不再孤獨。因為我們發誓永遠都要在一起。

碰！碰！碰！碰！

那個心心姊姊拎起沉重行囊的夏夜，最後的畫面，是四道燦爛到令人睜不開眼睛的流星。

依稀，在流星閃耀著讓時間靜止的光芒瞬間，我抬頭，看著心心姊姊。

不知道是螢火蟲，還是逸散的星光，心心姊姊的臉龐亮晶晶的。

第二天早上，心心姊姊踏出孤兒院那道高聳的青銅柵欄的時候。

我忍不住，忍不住……

「心心姊姊！你喜歡什麼樣的男生？」我大叫，根本不理會虎姑婆院長及歡送的上百院童。

心心姊姊回過頭，狡黠的笑容。

「勇敢的男生！」心心姊姊彎起手臂，擠眉弄眼。

然後還是打了個噴嚏。

第四章　音波俠！

心心姊姊走後，我跟建漢被抓到「不乖房」的次數遽減，萬一真的不幸蹺課（常常到閃電怪客那裡去蹓躂）被逮，最後可洛也會肩負心心姊姊傳承下來的任務，半夜去廚房偷點東西，塞到不乖房門下給我們啃。

但是，再沒有熟悉的「哈啾」聲了。

暑假過後，我跟建漢似乎被迫成長了許多，或者，我們是因為缺了一個耍寶的最好觀眾，兩個人正經的時間終於超過不正經的時間，有時照鏡子都會嚇一跳，為什麼我突然間變得陌生起來。

幸好，心心姊姊每個星期都會寫信給院長跟我們，告訴我們她在大學參加社團、念書、出遊、寢聯、打工的經驗，她的生活多采多姿，字裡行間洋溢著新鮮生活的喜悅，以及她想表達的：一個從小在孤兒院長大的孩子，也可以從容自在地與人相處，也可以很優秀，也可以跟別人一樣。

但心心姊姊並不知道，她是多麼特別的一個人。我喜歡她的情緒裡，總是帶著無法掩飾的崇拜。

心心姊姊給我們的信總是署名我們三人共同擁有，我們心裡都明白為什麼心心姊姊不一個人寫一封信的原因。她想讓我們一直分享重要的東西。

也所以，我們三個人回信給心心姊姊時，也是共用一張信紙，三種字體聯手將噴上香水的信紙擠得滿滿的，讓她感受到我們的思念跟旺盛的生命力。

「喂，你以後要做什麼啊？」

建漢有一天在數學課上低頭問我。

「我要做一個很有勇氣的男人。」我說，指著自己手臂上的小老鼠。

「瞎扯，又沒有勇氣系。我是在問你以後要靠什麼賺錢？想念什麼？」建漢苦著一張臉，指著黑板上一長串的排列組合算式，說：「我對數字實在不行。」

「我想考體育系，你也可以考看看啊，我們大概是這裡體力最好的，別人在念書，我們都在山裡當猴子。」我說。我不只對數字不行，我樣樣都不行。

數學老師停下手中的粉筆，瞪了我們一眼，然後繼續那該死的排列組合。

「念體育，然後呢？去比十項鐵人啊？」建漢失笑，聲音壓低。

「不是，我進體育系後，我想練拳擊。」我握緊拳頭，說：「不覺得一個男人最有勇氣的時候，就是站在擂台，額頭上的汗珠慢慢順著鼻子滑過，然後滴到拳套的那一刻嗎？」

建漢一愣。

「你以為打拳擊心心姊姊就會跟你在一起？太扯了，勇氣的意思在每一本超人漫畫都說得很清楚，就是『挺身而出、守護心愛的家園』這類的台詞啊！你這笨蛋居然還在搞幼稚！」建漢恥笑著我。

「你不懂什麼叫做男人的氣魄，漫畫《功夫》裡的主角要是沒有武功，哪來的台詞說要挺身而出？」我恥笑回去：「那你呢？」

建漢篤定地說：「我早就想好了，我要去當警察，先說好，你不可以學我，當一個男人穿上警察制服時，哪個女人不被迷死！」

我點點頭，說：「警察就是那種壞人都死光光了，才會出來充充場面，讓電影工作人員的名字打在他們臉上的那種人嘛。」

建漢正要反駁，臉上的表情卻揪然痛苦地扭在一塊，原來是經過走廊的可洛從窗戶外射了一條橡皮筋在建漢的臉上。

我們看著走廊，可洛義正言辭地看著我們，比了個「上課專心」的手勢，然後蹦蹦跳跳走開。

那個小鬼頭越來越有架式了，可惡。

「下次去閃電怪客那裡一定不帶可洛去。」建漢摸著臉，埋怨。

「嘿，說不定可洛煞到你了！」我故意說。

這陣子可洛總是愛黏著我們，都不去跟她班上同年紀的女生玩躲貓貓、下跳棋，寧願跟在我們屁股後面用小石頭跟橡皮筋偷襲我們。我想，她非常想要取代或接近心心姊姊的位置，要不就是煞到我們了。

「煞你個頭，可洛是煞到你才對。」建漢正經八百地說。

數學老師又瞪了我們一眼，我們只好噤聲，趴在桌上睡覺。

時間過得很快，心心姊姊在她上大學的這一年裡，總共回來看我們十七次，但每一次都沒法子待過夜，上一次跟下一次的探訪時間也隔得越來越長。

她太忙了，事情越來越多，家教、社團、打工、課業的事讓她的呼吸比以前急促，以前在貧窮的孤兒院從沒使用過電腦的她，更為了了解冷冰冰的機器跟網路費了許多時間，她也正在努力存錢買兩台電腦，一台給自己，一台打算捐給孤兒院。

儘管忙碌，然而心心姊姊每次回來的時候，總是一臉不可思議的開懷，還會帶最新的英雄漫畫跟超人評鑑雜誌給我們，還有給可洛的新衣服。

我們總是會大大方方地跟虎姑婆院長請假（不需要蹺課了啊！），四個人一起到可以看見孤兒院的後山小草坡上坐著，把握每分每秒拚命講話。

「心心姊姊，妳這麼漂亮又有人緣，在大學裡都沒有人追妳嗎？」可洛眼睛咕嚕咕嚕地轉，看了心心姊姊，又看了我跟建漢。

我急忙說：「那些死大學生哪配得上心心姊姊？」

心心姊姊正經八百地說：「當然有啊，我可是很有身價的呢，下學期我還要競選手語社的社長。」

建漢自信滿滿地說：「有也沒關係，反正心心姊姊超難追的，他們可有苦頭吃的了。」

心心姊姊佯作驚訝，說：「是嗎？我很難追嗎？」

「是啊，不然我們怎麼都追不到妳。」我跟建漢異口同聲。

然後又是一陣誇張的笑聲，雖然我笑得很心驚。

閃電怪客並不是個戀愛的好顧問，甚至不是一個好的拳擊教練。

「戀愛啊？這種東西很難掌握的，比連續打倒一百個拿噴火器的歹徒還要困難，這種事不要拿來問我這老頭子，寫信去問報紙專收垃圾問題的專欄作家比較實在啊。還有，出拳要直一點，才夠力嘛。」閃電怪客萎靡地坐在地上，拿著剛烤好的土雞腿啃著。

我抱著沙袋喘氣、流汗，才半個小時，我的力氣彷彿都跟著鹹鹹的汗水，從上萬個毛細孔洩到地上了。

亞里斯多德正倨傲地坐在一旁，用眼神分配著剛剛被他撕裂的三隻兔子，幾隻野狗興奮，卻井然有序地從亞里斯多德的腳前一一叼走被分配到的部份。沒有一條狗願意理會一個正邁向偉大拳擊手之路的男人。

「我的拳頭，呼，好像不太有勁的感覺？」我喘著，好累。

「是啊，我就覺得一點用處都沒有，就算你是世界拳王，閃電怪客，甚至是任何一個初出茅廬的都市超人，都可以在鈴響前敲昏你十次。練拳不能使一個笨蛋變強。」建漢蹲在地上喃喃念著，眼前正晃著警校必考的題庫。

「是嗎？」我擦擦汗，看著老態龍鍾的閃電怪客。

閃電怪客的表情不置可否。

他從一開始就沒鼓勵我打拳，我想，毫無疑問，他只要輕輕用手指放電，這個粗陋的沙袋就會嗶剝嗶剝裂開，還會冒著燒焦的白煙。

只要是人類，誰都給KO了。

「可惡，苦練拳擊的心情是你們這些慵懶的人類、超人類所不會了解的。我練的可是勇氣！勇氣！勇氣啊！」我抱著沙袋，腳都軟了。

「嗯，加油。」閃電怪客也不掃我的興，他老是一副關我屁事的態度。然後又開始打盹。

此時，一顆小石頭破空飛近正要進入午后夢鄉的閃電怪客，亞里斯多德瞇起眼睛，只見閃電怪客的手指慵懶地揉著鼻子，然後食指一伸，小石頭便被一團金黃電氣給包圍住，愣然飄浮在半空中，然後掉在地上。

「一百次也丟不到一次，妳還有興趣繼續丟，真是小孩子。」閃電怪客說完，自己都覺得好笑。

原來是可洛又發現被我們放鴿子，一個人氣沖沖地跑到這裡，遠遠就朝閃電怪客丟石頭。她的準頭越來越像心心姊姊了。

「不好笑！」可洛一屁股坐下，瞪著我跟建漢。

建漢趕緊專心地看題庫，而我吐吐舌頭，將沙袋輕輕推開，繼續練我自創的「爆裂一頓」快拳，腳步隨興地挪動，雙拳毫無章法地毆打著沒有痛覺的沙袋。

可洛看著鐘擺似的沙袋發呆，亞里斯多德打了個哈欠。連狗都看扁了我。

「說真的，閃電老伯，你的超能力是怎麼來的？教一下行不行。」我一邊打，一邊喘，一邊問。

「漫畫，閃電怪客第一集裡面，說你的超能力是下大雨時遭到雷殛所引發出來的？」建漢問。

「喔？」閃電怪客瞇著眼睛，看著手指上的微弱電氣兀自繚動著。

「碰巧你是一個郵差，當時正在大雨中送包裹，其中有一個神祕的快遞包裹裡裝了不明的生化藥劑，那生化藥劑後來證明是惡魔發明家怪腦博士寄出去的。藥劑在雷殛的同時陰錯陽差打翻在你身上，跟高壓的電氣起了古怪的化學反應，並進入了你的體內，大難不死的你從此有了操縱電力的超能力，是這樣的嗎？」建漢如數家珍地說。

「亂寫，這種瞎掰我聽多了，我最紅的時候，自己還聽過有個報社記者發稿，說我從小就是個愛吃鹼性電池的自閉症兒童，吃著吃著，久了就可以發電了。」閃電怪客哈哈大笑：「結果真的害一堆小朋友去吃電池，天啊！」

「不然呢？難道老伯你一出生就有超能力了？」我問，右拳揮出。

閃電怪客胡亂揮揮手，說：「每一個超人最大的祕密，就是當初自己是怎麼得到那份奇異的力量。那是超人與眾不同的起點，也是弱點，就讓它擁有一百種說法吧。」

我埋怨：「你居然可以眼睜睜看你的仰慕者在你面前練不堪一擊的拳擊，也不願意教仰慕者怎麼得到超能力？我可以成為你的繼承者啊，維護正義本來就是世代交替。」

建漢聽著聽著，放下無聊的警校題庫，說：「對啊，教一下吧，教我們怎麼得到其他超人的超能力也可以，你跟那麼多超人英雄都是朋友，一定知道！」

可洛歪著頭，不解：「真不懂，你們男生每一個人都有這個毛病，沒事要當超人英雄做什麼？戴上皮套面具誰也認不出來，晚上偷溜出去行俠仗義，回家躡手躡腳的，說不定還會被老婆誤會去偷腥，罰跪算盤呢。」

閃電怪客點點頭，閉上眼睛開始睡覺前，朝可洛那比了個大拇指附和。

「嘖。」我朝沙袋來一記微弱的上鉤拳。

鐘聲響起，無聊的都市歷史課終於結束。

「天啊，今天才上了第一節課我就超想睡的，我以後要是當了總統……」建漢抱怨著。

「夏天了，心心姊姊應該快放暑假了吧？應該大二了？」我坐在階梯上，看著布鞋上的污痕發呆，摸摸頭髮，鬢角已經長到蓋住整個耳朵。

「嗯……」建漢抬起頭，看著我。

「這個嘛……」我皺著眉頭。

我跟建漢正用眼神溝通，盤算著下一堂的公民課要翹去鎮上玩，很快的，溝通有了答案。

於是，兩個人鬼鬼祟祟從教室後的圍牆翻出，正要去涼快的後山樹林享受悠閒的一整天時，卻看見前面十幾公尺處有兩個九、十歲的小鬼，像登陸月球的太空人探頭探腦地跑向後山的樹叢裡。

我跟建漢對望了一眼。

那兩個小鬼吆喝了幾聲，樹叢裡又遠遠回應了幾聲，有男有女。

依稀，我聽見有人在嚷嚷「啊！這裡居然有漫畫！」，然後又是一陣歡呼。

我歪著頭。連漫畫都給挖了出來？

「看樣子，我們的祕密基地被攻佔了。」

我跟建漢猛然回頭，可洛妹妹不知何時已站在我倆身後，然後給了我們一人一個爆栗。

「蹺課居然敢不找我！」可洛既神氣又生氣地說。

「找妳打我們嗎？」我摸摸頭，避開她下一記爆栗。

我們三個遠遠看著那群同樣蹺課出來鬼混的小鬼頭，認出是幾個低年級的搗蛋分子，都是熟面孔。

看樣子，後山的樹叢將被這群童黨給佔領了，從前的我們說不定也是不小心佔領了上一代蹺課專家的地盤。什麼都講究世代交替啊。

「算了，反正我們本來就不是要去那裡。」我說。希望那群小鬼好好保存那些英雄漫畫。

「本來要去哪？」可洛問。

「鎮上。」建漢說完，可洛又是一陣追打。

我想了想，說：「我看乾脆把祕密基地移到閃電老伯的鐵皮屋工廠吧，反正我常常到那裡打拳，是個讓男孩子揮汗如雨，改造成男人的好地方。」

可洛擺出拳擊手的姿勢，喝道：「三流拳擊手！看你躲得過躲不過我的快拳！」說著，還真的一板一眼地向我出拳，我輕輕鬆鬆就躲開她的連環攻擊，還故意在她的下巴碰了一下，可洛氣急敗壞抓住我的肩膀，用力一擰。

建漢看我們在圍牆邊玩得太大聲，緊張地說：「瘋了嗎？我們到遠一點的地方去玩吧。」隨即賊兮兮地建議：「或者，我們乾脆偷偷搭車去找心心姊姊！」

我一愣，可洛妹妹立刻跳了起來興奮大叫。

這一叫，引來了圍牆後的高跟鞋聲，以及管理員王伯伯的木鞋喀搭聲，我們三人趕緊背貼著牆，屏氣不動，直到懷疑的腳步聲離開，上課鐘聲響起為止。

「呼，嚇死我了。」建漢吐出一口濁氣。

「剛剛你的建議太棒了，不過我們都不知道心心姊姊念的大學怎麼走啊？我們也沒錢坐計程車。」我說，三人蹲在圍牆下。

「我有錢。」可洛妹妹神祕地笑著。

「我也有，但是只有三十七塊蜘蛛幣。」我摸摸口袋，本來只是想跟建漢去鎮上看路邊馬戲，隨意晃蕩而已。

「五十一塊蜘蛛幣。」建漢張開掌心。

「四百八十八塊蜘蛛幣。」可洛得意洋洋地宣佈，我跟建漢瞪大了雙眼。

「天啊，妳把虎姑婆在院長室放在花瓶底下的錢通通偷走啊？我跟建漢只敢每次偷一點而已！」我覺得好恐怖，可洛遲早會被虎姑婆抓去吃掉。

可洛飛快地捏了我的臉，說：「誰跟你們一樣白癡，這是心心姊姊偷偷給我的零用錢！她吩咐我，我們的年紀都大了，可是你跟建漢還像小孩子一樣，只會買漫畫這種沒營養的報廢物，所以她把錢交給我保管，說如果你們有帶我去鎮上玩，我就可以拿這筆錢請你們吃東西、去看真的馬戲團表演、看電影，要是沒有，哼！」

建漢大呼：「真不公平！心心姊姊居然只給妳零用錢！」

可洛簡直樂壞了，說：「心心姊姊跟我最好了，你們通通都要接受我的管轄！以後敢再丟下我一個人就試試看！」

我無辜地舉手投降，說：「我們又不同班也不同年級，蹺課還特地通知妳，那不就什麼都翹不成了？蹺課是種很隨性又高雅的行為，是一種衝動啦。」

可洛大聲說：「我不管！你們想跟我去城裡找心心姊姊，就要發誓！發誓以後蹺課都要找我，不然就別蹺課！」

我跟建漢面面相覷，天啊，這麼霸道？那以後蹺課可就麻煩了，得改個名字才行，例如叫『個人課外教學』或『好友教學相長自由行』等名稱。

後來我才知道，可洛會這麼緊張，逼我們發誓，其實是孤兒院裡的小孩自然而然會有的恐慌。這種恐慌終其一生都像影子般纏著我們。

「ＯＫ，我發誓。」我說，嘆氣。

「我也發誓。」建漢無奈。

可洛得到重大勝利，像個陀螺高興地跳舞、旋轉。

於是，我們坐上了通往城裡的公車。

找心心姊姊。

到了鎮上，又轉進蜘蛛市市中心，下了公車，我們就迫不及待攔了台計程車。

「請載我們到市立丹緹爾大學！」可洛第一個跳上計程車，我跟建漢跟著衝進車裡。這可是我們第一次坐昂貴的計程車。

司機載著我們在市中心逛著，我們三人有說有笑的，連大鬍子司機都被我們感染了喜氣，問明了我們坐計程車的理由，爽朗的他立刻說這一程算我們半價，車子後座又是一陣歡呼。

「城裡的人真好啊！」我笑。

「可不是嗎？自音波俠出現之後，那些壞人敗類一下子少了好多！每個城市都需要有個像樣的城市英雄啊！」司機哈哈笑。

我跟建漢相視一笑。

此時，廣播機傳來令人錯愕的及時新聞。

「警民連線……緊急播報新聞！請各位市民現在不要靠近藍蝶百貨，藍蝶百貨下的銀樓發生恐怖搶案，五名武裝的歹徒搶劫得手後遭警方圍捕，挾持了一名女人質試圖抵抗中，現場槍擊聲不斷……」

司機的眉頭皺了起來，拿起了手機，說：「老林，在線上嗎？」

「在啊。」

「聽到警民連線的廣播了吧？要賭嗎？」司機。

「好啊，這次我賭五分鐘。」

「那我只好賭十分鐘囉？」司機。

「一言為定。」

司機掛掉電話。

我將頭探到前座，問：「你們在賭什麼啊？五分鐘十分鐘？」

司機哼哼說道：「我們在賭音波俠幾分鐘內會趕到現場幹掉那些雜毛，嘿，屢試不爽，真不曉得那些雜毛怎麼還有興致犯案？」

天啊！音波俠！

我大呼：「啊！藍蝶百貨遠不遠？請載我們到藍蝶百貨附近，我想親眼看看音波俠！」

司機想都沒想，說：「不遠啊，就在隔壁兩條街上，要去的話要快喔。」

可洛一巴掌打在我的屁股上，說：「我們是來找心心姊姊的耶！」

我著急了，說：「司機先生，音波俠解決這些壞人大概需要多少時間？」

司機篤定地轉頭，方向盤往左急轉，說：「最多十分鐘！來！我帶你們去看吧！這也算是蜘蛛市的觀光特色啊！哈哈哈哈！」

計程車急駛，我跟建漢像瘋子一般狂吼，天啊！這次即將親眼目睹的，可不是過氣的垂老英雄，而是英姿煥發的超級偶像啊！

「咚！」

突然，車頂一震，計程車的速度稍微挫了一下，司機大叫，指著前方一道藍色的高速身影，叫道：「剛剛踩過我們頭上的就是音波俠！快看！」

那道藍色的身影踩著前面一台跑車，隨即在空中飛躍起來，直到他又跳上一台公車上！

音波俠正施展他赫赫有名的「音波彈簧跳」！就在我面前！

「加油！」我拉下車窗大吼。

「上啊音波俠！」建漢從另一邊車窗大叫。

終於，司機將計程車停了下來。

因為，音波俠也停了下來。

就站在高高的路燈上，戴著藍色貓耳面罩的臉低垂，藍色的皮衣在烈日下閃耀著金屬光澤，雙手擺在身後，食指緊緊相扣。

凝視著腳下十幾公尺外的搶匪，兩台警車冒著火，黑煙烈烈作響，十幾個警察神經緊張地躲在車後，拿著無線電呼叫救援。

搶匪手中的女人質正被扼著脖子，另一個人用衝鋒槍抵著她的背。

等等！

「那不是心心姊姊嗎？」可洛慘叫。

那個遭到劫持的女人質居然是心心姊姊！

計程車就停在一群同樣好事的車陣中間，遠遠觀望著一場英雄與壞人的對決。

但，對我們三人來說，那可是毛骨悚然的窒息時刻！

「不要過來！你再快也沒有我的子彈快！」一名搶匪對著路燈上的音波俠大吼，他手中的槍誇張地指著心心姊姊，他的手指一旦扣下板機……

建漢發抖的聲音：「天啊，音波俠的速度可以追得上扣板機的速度嗎？」

司機也跟著緊張起來：「那個女人質就是你們要找的人？」

可洛快要哭了：「怎麼辦怎麼辦？那個音樂俠會不會不理心心姊姊？」

我緊緊捏著拳頭。

心臟已經被無形的怪手捏爆。

音波俠一動不動，像個默然的藍銅像，但他的眼睛卻穿過臉罩，閃閃發光。

「所有人通通給我趴下！」為首的歹徒大吼，拿起形狀誇張的機械槍往對面的玩具店一轟，綠色的火焰蟲彈將玩具店前的「正義隊長」銅像炸裂，破碎的銅塊四處飛散，許多人趕緊匍匐在地上，許多店家的玻璃櫥窗頓時碎落。

「心心姊姊！」我突然大吼，鑽出車子，站到計程車頂上。

慌張的心心姊姊沒有聽見我的呼喊，她只是閉上眼睛，嘴裡唸著祈禱詞之類的東西。

「小鬼，快下來！」司機嚇死了。

「心心姊姊！」我不知道為什麼，我就是不由自主地吼著。生怕突然失去什麼似的。

「我們想辦法引開那群壞人的注意力！讓音波俠出手！」建漢也鑽出計程車，滿頭大汗。

我也想啊，但該怎麼做呢？

繼續大吼？然後讓他們將炮口對準這邊？

衝過去？讓他們將注意力轉移到我身上？然後及時躲開可以炸死一百個我的大火球？

冷汗涔涔。

音波俠木然地凝視肅殺的劫持現場。

一個搶匪拿起電孢槍往合圍的警車一陣掃射，嚷著：「我們要一台直升機！要雷鳥三型的！可以垂直噴射的那種！給你們十分鐘準備！」

為首的搶匪對著音波俠大吼：「你這個變裝狂！快從我的眼前消失！」拿起巨大的機械槍，往音波俠扣下板機！

威力強大的火焰蟲彈呼嘯而去，音波俠氣定神閒地舉起左手，一陣震耳欲聾的怪響讓我的耳朵幾乎要炸開來時，那枚火焰蟲彈在半空中被一團模糊扭曲的「音波裂解」給硬生生「拴住」，然後……

「放開那個女生，人質對一群害怕沒有人質的罪惡者來說，是一點用處也沒有的。」音波俠左手虛空一擰，火焰蟲慘叫一聲，連殼帶肉被凝結成塊的震動音波給碎裂，啪噠啪噠摔在地上。

那賊首像是早已料到，並不訝異音波俠這家喻戶曉的招式，只是冷冷地看著音波俠，其餘四個搶匪紛紛掄起手中的怪異武器，將炮口對準音波俠。

音波俠深深吸了一口氣。

「害怕沒有人質？你看我敢不敢殺了她！」賊首大叫，拿出一把左輪手槍。

我快要靈魂出竅了。

正當賊首要朝心心姊姊扣下板機，音波俠突然遠遠轟出一拳！

其餘四匪也同時朝音波俠開槍！

我尖叫，建漢跟可洛停止呼吸。

賊首的左輪槍口冒著白煙，無情的子彈依舊擊發出去。

心心姊姊睜大雙眼，佇立在五個倒下的搶匪中間。

茫然的眼神，胸口劇烈起伏。

音波俠呢？

在那一瞬間，他使出我最熟悉的「音波全身盾」，將四匪的火彈震開，然後迅雷不及掩耳衝進匪徒旁，用擊倒骷髏大帥的「音波爆裂拳」將五個人轟倒！

而心心姊姊舉起手，摸著被子彈擊中的麻木臉頰，不知所措地看著一身炫藍的音波俠。

音波俠微笑。

灰燼，一擁而上的警察，四處響起的歡聲雷動，斜對面玻璃帷幕大樓反射的金光閃閃，照耀在音波俠健壯風雅的藍色身軀上。

臉罩下的嘴角咧開。

「妳沒事吧？剛剛我用了新發明的招式保護妳。那是音波防護拳，它可以彈開子彈，但會使妳的臉暫時……」音波俠越說越慢。

「我沒事，謝謝…謝謝你救了我。」心心姊姊摸著痲痹的左臉，辛苦地笑著。

「我……」音波俠結巴著，一點都不像剛剛大顯神威的城市英雄樣。

「謝謝你，你好厲害。」心心姊姊爽朗地拍拍音波俠的肩膀，一下子，心心姊姊又回復到開朗女孩的標準模樣。

「救了妳，是……是我的榮幸。」音波俠傻傻地說。

記者蜂擁而上，音波俠頓時從鎂光燈的此起彼落中驚醒，看了心心姊姊一眼，立刻輕輕躍上一旁的樑柱，雙手連擊天空，飛快踩著「音波凝塊」往城市的另一頭離去，消失在蔚藍的空中。

我站在計程車上，呆呆地看著這幅感人的英雄救美。

那是一幅，讓周遭的色彩灰白，聲音頓失的景色。

心心姊姊，從頭到尾，都沒聽見我的叫喊。

音波俠走了，也順手帶走我最重要的東西。

展開了，我這輩子最難以想像，最不平衡的愛情對抗。

一個英雄，一個凡人。

瘋狂上校炸雞速食店。

死裡逃生的心心姊姊接受記者半個多小時的訪問後，一看到我們三個小鬼，心思還來不及想要罵我們蹺課，就興奮地向我們衝了過來，來一個瘋狂的大叫跟擁抱。

然後我們就被心心姊姊拉到這裡，她打工的地方之一。

「快吃快吃！我今天心情超飛揚的喔！趁我還沒破產快吃快吃！店長跟我很好，打七折！」心心姊姊的笑容好燦爛。我們三個小鬼的頭都被摸一千次了。

「心心姊姊！我好想妳呦！剛剛真是嚇死我了！」可洛將頭塞在心心姊姊的懷裡，像打洞機般鑽著。

「我也是，心臟都快從嘴巴裡吐出來了。」建漢抓著胸口，臉上卻很興奮：「不過看到音波俠真人打敗壞蛋，哇！真的是不虛此行！」

「不虛此行個頭，我們是來看心心姊姊的，心心姊姊沒事最重要了。」可洛不知哪來的橡皮筋，往建漢的臉上一彈，建漢笑嘻嘻一把抓住。

我有些恍神地將吸管插在雞腿上。

「喂，吸管是插在可樂上的，不是雞腿，不要讓別人以為孤兒院的小孩都是白癡。」建漢糗著我，我卻只能勉強擠著笑容。

建漢這傢伙的反應神經真是遲鈍。

「剛剛我一直在祈禱，連呼吸都忘記了，呼，現在覺得世界好美，一切都好像重新開始的新鮮樣子。」心心姊姊摸著可洛的頭髮，閉上眼睛，卻連眼角都在笑。

我也有同感，世界在一瞬間全變了。

「心心姊姊，妳還覺得這個世界上沒有英雄嗎？」我小心翼翼地問。

「這個嘛，哈。」心心姊姊睜開眼睛，沒有回答，只是拿了薯條就往嘴裡塞。

「天啊！心心姊姊，妳該不會是喜歡上那隻音波俠了吧？」建漢震驚，他果然是個笨蛋。

心心姊姊古怪的表情，說：「哪有人這麼快就喜歡另一個人？吃東西吧！」

我呆晌了半天，心心姊姊這古怪的表情我從來沒看過。

「我覺得他那件衣服很好看，很配他的肌肉，一塊又一塊的……」可洛滔滔不絕演講，跟心心姊姊討論起音波俠的藍色勁裝。

「他的肌肉好像不會太大塊，像健美先生那麼誇張喔？要不然穿緊身衣的話反而不好看。」

「對啊，他蠻有品味的，沒有披老式英雄千篇一律的披風，不然就少了點感覺。」

「對了，他的貓耳臉罩也很有型說，沒想到真人反而沒有漫畫裡的樣子好笑，漫畫裡的他長得好畸形啊。」心心姊姊大笑。

我在一旁越聽越是心裡發寒。

「對了，音波俠不是你最崇拜的偶像嗎？你講一下他剛剛用的那些招式好不好？每一招都要解釋清楚喔。」心心姊姊熱烈地看著我。

我勉強清清喉嚨，說：「他可以控制聲音，甚至還可以用特殊的頻率讓附近的空氣強烈震動，產生區塊音爆還是超能量聲波等等，其實他這些能力也不算很強，在超人評鑑雜誌的比較裡面，閃電怪客巔峰時期的總分，甚至還贏過音波俠，而他的超能力新奇之處在於他能夠將聲音……」我含糊不清的解釋著，但不管我如何在言語中加入主客觀的貶抑，心心姊姊卻是越聽越入神。

她歪著頭，吸吮著可樂。

「好奇怪，一個人怎麼能夠控制聲音呢？聲音？好奇怪的能力。」心心姊姊前所未有對城市英雄的超能力感到興趣。

「閃電怪客也很了不起，他可以操縱電流耶！還記得他那天那招大決技嗎？轟的一聲啊！」建漢也加入戰局。旗幟分明。

「他那招新的技巧，弄得我到現在臉都還麻麻的說，耳朵還會嗡嗡叫。」心心姊姊掐著左臉，好像被親了一下似的。

那招一定是音波俠將一團防禦性的震動音波打在心心姊姊的臉上，才使得子彈撞上震動音波後摔在地上。有了這招，再將能力範圍加以改良的話，音波俠將來在超人評鑑雜誌「拯救人質的成功率」數字上，一定會拿下很高的分數。然後超越一堆總體分數本來比他高的英雄。

我無法想像。

好糟糕的失落感。

「下次我有機會再遇見他的時候，我一定會幫你要簽名的！」心心姊姊向我比了個勝利手勢。

「謝謝。」我居然道謝。

「那，我也要一份！」建漢的眼中發出光亮。天啊，他真的是個白癡！

當天晚上，當我清醒的時候，我發現眼前居然坐了個叨叨絮絮的老太婆，定神一看，竟然是虎姑婆在訓話。

怪怪，我怎麼會在這裡？

啊，是了！後來心心姊姊在炸雞店裡一直詢問音波俠的機機歪歪時，我的靈魂就不知道下沉到哪裡去了。

「你們三個，尤其是可洛，心心一走了，你們就變本加厲，三天兩頭就蹺課、消失、藐視政府辛辛苦苦為你們安排的免費教育課程，通通變成野孩子了！綏葦孤兒院的宗旨是這樣教導你們的嗎！」虎姑婆用力拍著檀木桌子，怒不可抑。

「我們本來就是沒人要的野孩子！」建漢偷偷喃喃自語。

看著虎姑婆不斷又不斷重複我早已聽過一百萬遍的精神訓話，我心中想著的，卻是心心姊姊熱忱地詢問我最大偶像時候的表情。

後來心心姊姊帶我們去參觀她念的大學，參觀她的宿舍時，我的身體裡一直空空蕩蕩的，建漢、可洛、心心姊姊聊天說的語句一字字輕易穿透我的身體，到最後連自己是什麼時候回孤兒院的都沒有印象。

原來靈魂真的有重量，而且很重很重，一旦靈魂從心裡自鼻孔被吹出來後，一個人就會變得好輕好輕，輕到連自己都不知道自己原來是存在的。

「你們要自愛，要讓別人看得起你們，就一定要努力用功讀書才行，像心心，她以前雖然貪玩了點，可是心心很有上進心，聽我的話努力將課本背得滾瓜爛熟……」虎姑婆越說越盡興，口水都噴到我的臉上。

虎姑婆院長還是那一套，任何問題的解決方案通通是努力用功讀書，彷彿世界上所有的真理都藏在厚厚的書堆裡，只要花時間一頁接一頁翻下去，考試分數越高，人生就會越圓滿似的。

但是眼前這個恣意胡說八道的老太婆能夠說服我用功讀書可以贏得心心姊姊的芳心嗎？可以嗎？用功讀書能夠使一個人看起來勇氣十足？十足到超過面對武裝暴徒面不改色的音波俠嗎？這個城市裡有那麼多學識豐富的博士，卻只有一個音波俠，念書真的可以讓一個人變得與眾不同嗎？

「可以嗎？」我沒頭沒腦地問。

虎姑婆詫異地看著我，昏昏欲睡的建漢跟正低頭玩著新鞋子的可洛也看著我。

「可以什麼？」虎姑婆。

「如果我努力用功讀書，心心姊姊就會喜歡我嗎？」我認真地問。

虎姑婆茫然看著我，說：「努力用功讀書就對了。」

我當時緊握著拳頭的心情，至今依然輪廓深刻。

「我要變強。」我說。

「嗯。」閃電怪客沒有理會，手指放電點燃了手中的一捲菸草。

「一個凡人可以變強嗎？」我說，看著躺在地上的亞里斯多德。

亞里斯多德霸氣十足地瞪著我，身上數十條怪異的疤痕散發出青色的淡光。牠是條強狗，一定不明白我的心情。

「那會很辛苦喔。你得像蝙蝠俠一樣，將脆弱的自己用幾千萬美金研究出的鐵殼子包住，還得搞來一台像百寶箱一樣的屌車。最後蝙蝠俠在超人評鑑雜誌還敬陪末座，甚至輸給了番茄小子。」建漢發表他該死的意見。

「愛可以讓一個人無敵。」我堅定。

「誰說的？」可洛舉手。

「波士頓的已故城市英雄，愛情無敵人。」建漢代替我回答。

「就是這麼一回事。」我看著自己的拳頭。

閃電怪客只是抽著他的捲菸，跟亞里斯多德眺望遠方。

「碰！」

從此以後，我打在沙袋的每一拳，都是如此強而有力，如此剛毅果決，聽沙袋哀嚎的聲音就知道，積貯在一個十六歲少年的肌肉裡的東西是多麼紮實。

每天上課的時候，我都在桌子底下翻著郵購來的《拳王一百種可靠的姿勢》和《拳擊超人的必殺技重點分析》、《你不可不知道的新型上勾拳》三本書，下課就在走廊上模仿書上的出拳照片矯正我的姿勢和步伐，然後偶而蹺課去後山的鐵皮屋打沙袋，連時常睡眼惺忪的閃電怪客都嘖嘖稱奇我的進步。

另一方面，每天黃昏時，我就會忍不住看著心心姊姊的照片，然後繞著孤兒院跑上五十圈，大約是五千公尺的距離，訓練肺活量跟體力，還有拳擊手最重要的耐力。

不管是下雨天，颱風天，我都稟持著「愛可以無敵」的箴言，讓我的腳步越邁越大，到最後連一萬公尺我都不看在眼裡。鹹鹹又滾燙的汗水讓我的眼睛睜不開時，我才感覺到「強」的夢想又靠近了我一些。

晚上睡覺前，建漢躺在床上背警校題庫時，我就單手在冰冷的地板上做扶地挺身，一邊看著地板上攤開的，心心姊姊捎來的照片跟信，單手從五下做到十下，然後從十下做到二十下。

「說真的，你在折磨自己的時候還真有一套。」建漢躺在床上看題庫。

「追到心心姊姊的，一定是我不是你。」我得意洋洋地說：「因為我比你努力一百倍。」

「愛情不是努力可以得到的。」建漢若有所思地說。

那種喪氣又笨的話，我從左耳聽進去就立刻從右耳飛出來，完全影響不到我。

慢慢的，慢慢的，單手扶地挺身從二十下慢慢拉長到驚人的一百下時，我已經十八歲，心心姊姊寄來的信已經疊得滿書櫃。

於是，於是時候到了。

我跟建漢揹起簡單的行囊，站在橘黃夕陽下的孤兒院前，看著自己的腳步終於脫離了孤兒院斜斜長長的影子。

這一走，我們永遠不會再回到這個鬼地方。

「你們一定要在外面等我！別丟下我！」

可洛哭得眼睛都腫了。

十七歲的可洛，可是孤兒院人氣最高的孩子王。

「等妳。」建漢帥氣地撥著自己的頭髮。

「放心吧，誰也擺脫不了妳的。」我開玩笑，搭上建漢的肩膀。

然後新的傳奇即將誕生。

第五章　不平衡的起跑點

出了孤兒院，我跟建漢租下一間又破又爛下雨又會漏水的小屋子，很快就安頓下來。沒有什麼比自由更加甜美的，我們渴望已久，所以自由並未帶來茫然失措的不安。

自由就是解放，一種純粹的感覺，當我們走進這間霉味十足小租屋的瞬間，連呼吸都感到特別舒暢。

「義智，我們什麼時候去找心心姊姊？」建漢擦著桌子。

「警官考試放榜應該是三天後吧？你一定考得上，到時候再找心心慶功吧。」我說，嘗試修補天花板上的裂縫。

「你改口叫心心姊姊叫心心？」建漢啼笑皆非，從行李中拿出筆跟信紙，將我們現在的住址寫給仍活在虎姑婆地獄的可洛。

「是啊，我十八歲了，她實在不能把我看作小孩子了。我自己必須調整心態，要追心心可不能在稱呼上讓自己矮了一截。」我笑道。天啊，這裂縫大的好誇張，不難想像下雨時我們必須在室內撐傘的窘狀。

了。

「你看我們把天花板重新砌一遍怎樣？」建漢提議。

「嗯。」我思索。砌天花板需要錢，可我們幾乎把所有的錢花在房子的訂金上了。

「放心吧，我一定會考上蜘蛛市的警察學校，到時候我就會有錢補天花板了。」建漢看出我的心思。

我坐在搖搖晃晃的床上，看著天花板。其實連那扇鎖不起來的爛門也應該換掉。

「我也該去找拳館了。」我說：「依我自己評估，我應該能夠直接上場比賽，贏得獎金，開始我的拳王之路。一般拳館的練習我早就做過上千次了。」

建漢鼓舞我：「你一定行的，你比以前壯好多。」用拳頭敲著我的二頭肌。

我點頭：「而且我有必殺的絕招──愛。」

建漢哈哈大笑：「等你拿到比賽獎金，我看我們乾脆換間正常一點的房子，不要再修天花板、修門、修馬桶了。」

當天晚上我跟建漢就去市區找拳館，看看哪一間拳館有幸迎接未來的拳王，找著找著，市區裡倒有幾個附設在健身房的高級拳擊俱樂部，但我居然被拒絕了三次，理由分別是：

「對不起，沒錢就不能入會。」

「很抱歉，本拳擊俱樂部僅供一般運動和健身使用。」

「抱歉啊，這裡可是奧運拳擊選手培訓中心，你連踏進門的資格都沒有，先去拿幾個冠軍再說吧！」

我都是聳聳肩走開，往下一個可能的拳館走去。跟這些太高級的人講話真是有夠累的，原來這個世界有相當多的人聞起來跟虎姑婆一樣。

「一開始起步總是這樣的，不如我們挑間看起來爛一點的打起。」建漢停下腳步，指著旁邊昏黃的燈光。

我們身處骯髒的小巷裡，一間破舊的小拳館前。

我抽動鼻子，那是發燙汗水的味道。

還有結實、劇烈的碰撞聲。

「嗯，完全同意。這裡才是我該來的地方。」我說，邁步進去。

小拳館裡頓時安靜下來，四周的汗水彷彿在瞬間被蒸散成無形的壓迫感，七雙眼睛打量著我跟建漢。

練拳的漢子儘管集中力超強，但也同樣敏感，特別是在揮拳的時候。因為我也一樣。

「你是？」一個教練般的中年人看著我，手裡還拿著手臂護墊。

我鞠了個躬，彬彬有禮說道：「你好，我叫王義智，想來參加這間拳館的練習，以後也想參加比賽。」

一個站在垂吊沙袋前的高大男子好奇地看著我：「小弟，你幾歲？」氣喘吁吁。

我毫不迴避他質疑的眼神：「十八。」這個年紀拿來打拳擊正好。

躺在舉重機前的鬍子大漢閉著眼睛說道：「你大概一百七十四公分，可是你太瘦了，我看你才七十公斤左右吧？這個體重在以前可是輕量級的，但在今天，你會被打得很慘啊。」聲音很開心，好像已經看見我的慘狀。

然後，四周刻意壓抑的寧靜頓時鬆懈了，舉重的舉重，跳繩的跳繩，揮擊沙袋的揮擊沙袋，撕裂空氣的聲音又像我沒進來之前一樣。

我知道十年前拳擊規則大幅修改，在今天的拳壇完全按照身高來評定量級，每十公分一個量級，簡單明瞭，但是當體重不再是核定量級的標準時，許多誇張的肌肉男便橫行在拳擊場上，讓蠻力主導一切。

以我一百七十五公分的身高，自然被排在「鯊魚級」中，在這個不愉快的量級裡面到處都是滿臉橫肉，八十五公斤以上的叔叔伯伯戴著拳擊手套在場上打人。

「我願意吃苦。」我篤定地說：「而且我願意贏。」

但我的聲音已經淹沒在爆發汗水的噪音中，沒有人有興趣聽。

「怎麼辦？」建漢深深吸了一口氣，替我難堪。

我脫掉上衣，緊咬牙齒，走向一個被所有人冷落的上下雙吊帶沙袋前，默默毆打它，就像我在閃電怪客面前所作的練習一樣。

但沒有人在意我在做什麼，把我當成空氣。他們對我一點興趣也沒有，連嘗試攆走我都沒時間。

建漢在門口尷尬地看著，我用眼神示意他先走，他明白我想長期抗戰的意思，於是搔搔頭離去。

我看著建漢的背影，想起他是我的情敵，想起了心心。

「想要變強沒有第二條路了。」我心想，大喝一聲，照著郵購書籍《拳擊超人的必殺技重點分析》中所說的出拳姿勢一次次揮出，什麼「螺旋槳拳」、「鑽石一擊殺」、「血腥三重奏」、「橫掃千軍五式」，有如華麗的大招式集錦。

自顧自的，我也打得很開心。畢竟在我們那間爛租屋裡可沒法子吊沙袋，天花板會整個摔下來的！何況，沙袋也很貴，好不容易沒有人阻止我，我可要盡情舒展身子。

突然一陣哈哈大笑。

「小鬼！」那個正在舉重的鬍子大漢笑岔了氣，將手上的沉重啞鈴放下，走到我面前。

我沒有停手，但眼睛看著他。

「那本郵購我也有買，哈！你這個小子還真是有趣，居然會去買過氣的拳擊超人寫的書。」鬍子大漢一身汗臭，但笑得很爽朗：「我還以為只有像我這個年紀的大叔才會喜歡已經退休好幾年的拳擊超人啊。」

我承認：「因為那本郵購書很便宜，我才會買它的。其實我根本不喜歡拳擊超人，因為他使用超能力才可以揮出那麼厲害的拳頭。」

鬍子大漢愣住，瞪大眼睛，隨即哇哇大笑：「哈，你還蠻有趣的喔，如果你真要打拳的話，我可以親自教你，行不行啊老闆！」

「隨你便。」一個揮舞著手臂護墊的中年人應道。

「聽到了吧，從今以後我就是你老闆了，我可是挑戰過拳王腰帶十一次的硬漢，鼎鼎大名的布魯斯！你可要咬緊牙關，好好跟上我地獄般嚴酷的練習啊！」鬍子大漢布魯斯振奮精神，連我都感染到他的笨蛋氣質。

從此，我就跟了一個最沒有前途的準過氣拳手，準備從狹小的街頭拳擊台打到燈光燦爛的競技場，跟每一任的拳王一樣。

然後，贏得心心的芳心。

布魯斯是個籍籍無名的傳奇人物。

足足有一百九十三公分的布魯斯，原本是「藍鯨級」的拳擊選手，但是他從踏進拳壇開始，就沒打過一場「藍鯨級」的比賽。

因為布魯斯擁有非常傲人的體格，以及被喻為百年難得一見的格鬥天才，而他的傲氣偏偏也比別人多一倍，所以他打從十八歲加入蜘蛛市城裡最大的「斯巴達克拳館」後，就一直跟兩百公分以上的最終級量級：「暴風級」的選手練習，十九歲那年，布魯斯更破天荒申請從「暴風級」的正式比賽開始打起，震驚拳壇！

「當時我可帥得很！一開始就來個二十連勝，其中十七場ＫＯ對手！哈！一路打進四強賽才輸掉。」布魯斯看著我打拳，一邊在旁邊演講著。

「這麼強？」我感到詫異，這種成績真的很驚人！

「是啊，第二年我再接再厲，一路打進了冠軍賽，當時的暴風級拳王你猜是誰？是一百三十公斤重的拳魔流矢塚啊！你老闆跟他打到九局下半，才被他用積分獲勝，哈哈哈哈！算他運氣好，躲過我倒數三秒的下勾拳！」布魯斯大笑。

我停下毆打沙袋的拳頭，張大嘴巴：「如果你打藍鯨級的比賽，不就早拿下了拳王？」

布魯斯不屑地說：「哼，那種小一號的拳王腰帶有什麼好拿的？打架哪有不爭最強名號的道理？當時流矢塚跟我纏鬥到第九局的詫異表情，就跟你現在一模一樣咧！想起來才值得！」

一個正在跑步機上練跑的男子應聲道：「老布，你的風光日子早過囉！」

布魯斯點點頭，也沒有否認，說：「小子，你別停下來，你繼續打，我繼續說。」

我愣著頭，說：「你是不是應該教我一點揮拳的技巧啊？」

布魯斯不屑地說：「靠，打架講什麼狗屁技巧？強的人自然就會贏，不強的人怎麼樣都不會贏，你想辦法把自己練到最強就對了，隨便揮一拳都可以嚇死人。」

我嚇壞了，這個人難道只是個打架狂？

我愣頭愣腦地繼續毆打沙袋，聽布魯斯繼續演講他的豐功偉業。

「後來的十年裡，我連續闖進了拳王腰帶爭霸戰十次，嚇壞了一堆暴風級的肥豬。當時我的迷可多了，偶而我還會收到別的城市的邀請，去打打人獸大戰，靠，老虎啊獅子啊大狗熊啊，我都打過好幾隻！每天回到旅館休息時，都有我的迷躺在床上等我操她，哈哈哈哈！」布魯斯真的笑得很暢懷：「拳魔流矢塚也因此跟我纏鬥了整整十年，打到他退休為止，他說他這輩子再也不想跟我打了，因為他平均三回合半就可以解決其他的對手，但對上了我，十一次都打到九回合下半，累都累死了，而我下巴硬，只被他KO過四次，靠，四次！」

我腦子很亂地揮擊著，天啊，這麼瘋狂又強悍的傢伙居然是我老闆？

「可惜啊！後來我三十一歲以後，體力變差了，反應還真有些遲鈍，不過這都不是問題，重要的是我太大意了，居然被街頭混混朝這裡開了兩槍，挪！你看！」布魯斯指著腰際上的巨大創疤，我看了心驚。

「受傷之後，靠，我揮拳太多太猛時，我的腰就好像被電到一樣，痛都痛死了，慢慢的我只能打進四強、八強、十六強，最後連十六強都打不太進去耶！」布魯斯好像說到一件很爆笑的事，自顧自捧腹大笑。

突然，整個拳館都爆出大笑，我反而覺得尷尬。

布魯斯笑紅了臉，拍拍我的肩膀說：「別介意，打架本來就是這樣，我現在可是三十八歲了，居然還能在暴風級裡打架，已經是超級怪物了！哈哈哈哈！」

「所以老布被斯巴達克拳館踢了出來，跑來我們這間又破又爛又臭的小拳館啊！人生就是這樣。」正在指導揮拳的中年人莞爾說道。

「老布現在可是沒什麼人注意的小拳手啊，過了巔峰就下滑，你以後也要習慣啊。」

我突然想起了閃電怪客。

他一樣過了巔峰期，一樣被人遺忘。

我忍不住問：「老闆，你為什麼不回去藍鯨級裡打拳？現在你回去，說不定還有機會拿下拳王腰帶啊？」

布魯斯挖著鼻孔，說：「靠，你老闆是打架不是打拳，在藍鯨級裡打，打贏了也沒意思。拿下暴風級冠軍的藍鯨級選手，那才是拳壇永遠的記錄。告訴你，只有最強中的最強才會被記得，就像蜘蛛人一樣。」

我完全同意。

幸好，我的目標不是成為什麼最強。我的目標只是在成為最強的過程中，找到一種叫做『勇氣』的東西。

「對了，小鬼，你為什麼想要上擂台啊？」布魯斯問。

「我想成為勇氣十足的男子漢。」我的眼睛一定閃耀著光芒：「然後我要邀我喜歡的女孩子來看比賽，讓他看看我揮汗如雨的帥氣！」

不知道為什麼，我居然跟初次見面的鬍子大漢兼打架笨蛋布魯斯說出我的心裡話。也許，是他坦率的個性吸引了我。

「小妞啊？哈，只要你變得夠強，小妞會像下大雨一樣稀哩嘩啦一直掉下來！」布魯斯胡說八道又大笑。

我想，他是完全聽不懂我的意思啊！

三天後，警校的榜單貼出，我跟建漢一邊祈禱一邊搜尋他的名字，兩人汗流浹背、神經緊繃地搜尋下去，終於在最後幾名中看到葉建漢斗大的三個字。

「靠！我要變成警察了！」建漢狂吼著，他像隻猴子般跳來跳去，興奮之情難掩於色。

「真有你的！」我也樂壞了，我們都踏出夢想的第一步。

建漢像個陀螺旋轉著，然後振臂停住，說：「好！今天我們打電話找心心出來吃飯，大肆慶祝一下！」建漢改口。

我舉手贊成，這三天我在打架王布魯斯的隨便教導下，做了非常累人的體能訓練，也想好好休息一下。

於是，建漢到電話亭打了電話給心心，兩人都樂瘋了。

「喂！心心！」建漢大叫：「告訴妳一個好消息！我考上警察學校了！而且！我跟笨蛋義智也出獄了！喔喔喔喔喔喔喔！」

我搶過電話，聽見心心的聲音：「真的嗎！怎麼現在才告訴我！」心心的聲音依舊活力十足！

我嚷著：「心心，我義智，晚上有沒有打工啊？一起出來敘敘舊吧！我們可以等妳打工完再去找妳！」一手架開建漢搶電話的手。

心心樂不可支，說：「好啊，我剛剛剪了頭髮，是羽毛剪喔，晚上我打工完給你們瞧瞧！」

我高興道：「好啊，幾點？」

「我家教到九點，你們住哪？你們應該對市區還不太熟，我們就約在你們住的附近吧。」心心還是很體貼：「我請客！地方你們選！」

「我們都是窮小子，當然是妳請客囉，那就九點半，在吐絲大道上的太陽居酒屋見面吧。」我說。

「就這麼決定！」心心尖叫。

我掛上電話，跟建漢一路追打、狂奔、怪叫，希望太陽趕快下沉，早點到約定的時間。

建漢將來是個警察，也許在警校的磨練之下，建漢還會是個勇氣十足的鐵血幹員。

而我，當然會成為拳擊手，而且戴上拳套上場的時間來得非常快！因為布魯斯迫不及待想看我跟比我重十公斤以上的壯漢互毆的樣子，他甚至開始蒐集鯊魚級的選手名冊，挑選看起來像殺人犯的選手當我的對手。

總之，我也即將獲得勇氣。

我跟建漢之間，卻理所當然的，只有一個人能夠贏得心心。但我卻不緊張，我跟建漢之間的競爭始終沒有愛情上的輸贏，而是一種並肩作戰。

至於我為什麼會有這種奇異的感覺，我不知道，但我瞥見地上，建漢跟我在這座城市裡追逐的影子時，我感到很溫暖，很安心。

九點，我跟建漢興致勃勃地在太陽居酒屋裡焦急等待心心的出現，兩個人好像坐不住似的，不停在店裡走來走去。

九點二十五，一頭精神奕奕短髮的心心終於出現了。

久不見，心心已較我矮了半個腦瓜子，但她與眾不同的開朗氣質依舊，穿著淺藍牛仔褲、鵝黃襯衫，還揹著一個棕色的大背包，整個人容光煥發的。

但我跟建漢卻尷尬地不知道該說什麼，因為心心的身邊，還跟著一個高大的男人，男人看起來有些靦腆，那表情讓我心慌。

「驚喜吧！這是我男朋友！梁宇軒！這兩個小鬼就是我以前在孤兒院的跟屁蟲，他們很搞笑喔！蹺課是他們的拿手好戲呢！」心心迫不及待介紹。

我跟建漢不知道如何是好，當時天旋地轉的，好像坐雲霄飛車坐到一半，被離心力給甩出椅子。

「義智，建漢你們好，心心常常提到你們，她常說你們是她的開心果呢。叫我宇軒就可以了。」男人有些侷促地伸出他的大手，我無意識地跟他握手打招呼，他的手很大很粗糙。

「我叫建漢。」建漢的自我介紹也錯亂了。

「我義智，是個孤兒。」我也感到昏昏沉沉的，介紹的沒頭沒腦。

心心到櫃台點海鮮，讓我們三個男生在位子上有一搭沒一搭亂聊，認識彼此，我也竭力使自己鎮定下來。

嗯，心心那麼有個性，又那麼獨立、善良，當然會有男生追她，這事一點都不奇怪。沒關係，我還有機會。我還有機會。

愛原本就充滿考驗。

氣氛頗為僵硬。

「心心的信裡沒提過她有男朋友啊。」建漢難掩失望神色，自言自語。

「啊，她說要給你們一個驚喜。」男人看起來坐立難安，臉都紅了，像個傻瓜頭。

「你……你是做什麼的啊？還是學生嗎？」我想他的年紀應該有三十以上了。

「我在電腦公司上班，寫資料庫程式跟一些零零瑣瑣的的套件，啊，說說你們自己吧？」宇軒不太會說話，吞吞吐吐的。我姑且叫他宇軒吧。

「對了，你是怎麼認識心心的啊？」建漢的語氣蠻不服氣。

「啊，說來話長。」宇軒轉頭看著仍在櫃台點菜的心心，盼著心心來打開僵局似的。

我打量著宇軒，他比我高一些，手臂跟我差不多粗，看來也是個強壯的人，但我可是個拳擊手，我的拳頭在法律上可是歸類為兇器。

「你很強嗎？」我突然亂問。

「啊？」宇軒愣了一下，慢吞吞地說：「還好，我……我這個人很枯燥，除了寫程式以外，什麼都愣愣的，常常挨罵。真對不起。」

他的回答同樣顛三倒四。

心心點菜回來，坐下笑笑說：「我們家的宇軒很不會講話吧，他就是一副傻傻的樣子，跟陌生人講話實在是笨得可以。」

我感覺大受欺騙，不禁說：「妳不是喜歡勇氣十足的男生嗎？怎麼會……」

「怎麼會改成喜歡傻傻的這型？」建漢接著我的話，但儘量裝出笑臉。

「他也很有勇氣啊，嘻嘻。」心心用手指刺著宇軒的手臂，宇軒整張臉都紅了起來。我看了心頭火起。

宇軒大概感覺到我們的敵意，慌亂地拿起啤酒，幫大家倒滿杯子，說：「來來來，我們來慶祝建漢考上警校，大家……大家乾一杯吧。」

大家在空中碰撞酒杯，一飲而盡。

「也慶祝我三天前正式成為一個拳擊手。」我故意說：「心心，我第一場比賽可能就在下個月，這個速度很驚人喔，到時候請妳來看比賽好嗎？」然後將大家的杯子斟滿。

心心瞪大眼睛，又驚又喜說：「你要成為拳擊手，怎麼沒在信裡跟我提起過？」

我自豪不已，故意剝開衣服，展示高高隆起的二頭飢說：「那是個驚喜，妳不覺得我的身體看起來結實多了嗎？我的師父是鼎鼎大名的怪人布魯斯，他可是挑戰暴風級拳王腰帶十一次的怪物！」雖然布魯斯一點都不鼎鼎大名。

心心很高興地說：「真不簡單，到時候我一定跟宇軒去看你的處女秀，可別打輸了！打輸了我一定用照相機拍下來，寄給可洛看，哈哈！」

我笑著點點頭，大家又乾了一杯，鮮蝦捲跟燒烤同時上桌。

「對了，送給你們的。」心心神秘兮兮地從揹包裡拿出兩張簽名板，我跟建漢不知所以然接過，眼睛跟嘴巴馬上張得老大。

令我們瞠目結舌的，是音波俠的親筆簽名！

「天啊！怎麼可能！這……這是真的！」我大叫，五年前音波俠曾經為一個癌症末期的小女孩簽名，後來那張珍貴的簽名被雜誌社翻拍，放在超人評鑑雜誌上，多少音波俠迷將那張簽名剪下珍藏。

我就把那張簽名裱框，放在床頭上，而這簽名板上的簽名居然如此俐落，如此神似！

「妳真的再一次遇見音波俠！而且還幫我們拿到簽名！」建漢感動得快要哭了，顫抖說道：「這張簽名板一定會讓我在警校的人緣超棒啊！」

心心的眉毛喜悅地跳動，好像計謀得逞般的勝利。

「這……」我還是難以置信，但我發覺，為什麼我得到崇拜不已的英雄簽名的此刻，我的胸口卻悶得火燙？

我抬起頭來，看見宇軒的臉紅通通的，欲言又止的樣子。

這個表情，我依稀在哪裡看過？

「我……我聽心心說，你們跟閃電怪客很好，說起來真難為情，我……我也是閃電怪客的迷，可不可以帶我去見他？要不然，幫我要張簽名照也行！」宇軒的聲音越來越高亢，突然握住我的手，說：「請你一定要幫我這個忙！」

心心哈哈大笑，說：「宇軒的房間牆壁上，通通貼滿了閃電老伯的新聞剪報跟雜誌，電影跟漫畫也蒐集了一櫃子，就是缺一張親筆簽名！」

「哇，閃電老伯不是說不要洩漏他的行蹤嗎？妳怎麼告訴他？」建漢頗有不滿，不過他的語氣尚可，大概是認同宇軒同樣是數量稀少的閃電怪客迷吧。

「嘖，小笨蛋，我可沒說老伯住哪，我只說你們很要好，別太得意了臭小鬼。」心心敲了建漢的腦袋一下。

我掙脫宇軒熱情拜託的手，瞇起眼睛，慢慢的，我將雙手浮在空中，將宇軒的臉孔遮了大半，只露出鼻孔以下，嘴跟下巴。

剎那間，我明白了為什麼心心會將閃電怪客的事告訴宇軒。

心心看著我，比了個勝利手勢。她知道我知道了。

「你就是……」我熱淚盈眶。

音波俠。

我搖搖欲墜。

宇軒的臉漲紅不知所措，心心在一旁卻不住點頭。她原本就是要讓我們知道的。當作個驚喜。

建漢雖然不是音波俠的狂熱粉絲，但他從我的驚訝表情中也發現了這個天崩地裂的事實。

「宇軒，義智他可是你的死忠迷呢！我還在孤兒院的時候，他就一直模仿你嗡嗡嗡地在走廊上跑來跑去，假裝發射音波彈呢！」心心捧著肚子大笑，說：「現在你們終於見面了！感動得想哭吧！」

我的確是很想哭。

但可不是感動得落淚那種。

宇軒一直搔著頭，害羞地東張西望著，生怕有人偷聽到我們的談話，但居酒屋裡人聲鼎沸，誰也沒注意到我們正揭露這個城市裡最有價值的祕密。

也沒有人注意到，我心碎的聲音。

「我……我跟心心是一見鍾情，我第一眼就愛上了她……」宇軒沒頭沒腦地說著，好像試圖翻找話題。

心心捶了他一下，說：「那次挾持事件過後，宇軒藉著我身上的音波餘震發現了我的位置，藉個機會主動跑來認識我時，就被我一眼認出來，我對他也很有好感，於是當朋友幾個月後，就這麼開始交往。很不浪漫吧？」

宇軒好像很抱歉似的，說：「對不起。」

我的臉一定很紅，因為我全身都快燒起來了。

「我的天啊！」建漢突然把自己的臉埋進手上的湯碗中，然後抬起頭時，臉上都是火腿跟玉米，哭喪著臉：「妳居然被音波俠追走了，我跟義智是沒有希望了。」

心心挽著宇軒的手，故意笑說：「嘿嘿，你們死心吧，我跟宇軒已經在一起一年多了！」

我深深吸了口氣，事實儘管令人挫折困頓，但它終究像座不可撼動的小山矗立在我面前，除了暫時接受它，我沒有別的選擇。

「啊，看來我跟建漢只好從頭開始，另起山頭了！」我吐吐舌頭笑道，跟建漢搞笑地握起手來。

這不是風度，風度我還學不會。

我只是沒有情緒的出口。

「需要介紹女朋友嗎？我可認識了幾個還不錯的小女生喔，不過你們現在剛剛出來，應該沒有心思談戀愛吧。」心心說著，生魚片也送上來了。

「我跟義智過幾個月，賺到第一筆錢後，就會租個好一點的房子住，現在啊，的確沒心思想女人的事。」建漢指著心臟說：「而且我跟義智的心都裂成一百片了，要好幾個月才能癒合。」

我故作哀傷地點點頭，大家笑了起來。

「對了，你們離開的時候，可洛一定哭得很慘吧。」心心轉移話題。

「何止慘，簡直快翻牆跟我們一起出來！」我說，心中卻慌得要命。

「哈！說到那天還真好笑！虎姑婆居然還準備了鞭炮，掛在……」建漢很快恢復了表面上的心情，開始說起令人捧腹的事情來。

後來那天晚上，氣氛居然很熱鬧，開心地進行著，我們喝得半醉後，就走出居酒屋到處亂晃，在一座公園的噴水池邊坐下聊天。

宇軒看四下無人，於是應心心的要求，輕輕用「上鉤音爆拳」慢慢打著噴起的水柱，美麗的水花頓時轟向天空，在黃色的路燈照射下有如破碎銀河般美麗。

宇軒，或者說音波俠，也許是略帶酒意吧，在水花中玩得興起後，馬上就像個頑皮貪玩的大男孩般蹦蹦跳跳的，開始用他的超能力玩起不可思議的雜耍給我們看，完全沒有剛剛在居酒屋裡時的生疏與羞澀。

他像個天真無邪的大男孩，興奮地用雙手在空中飛快製造砰砰悶響，好像在打鼓似的，連建漢都湊興打起節拍，兩人在圓形廣場上開起震天價響的飆鼓表演。

我嘆了一口氣，坐在噴水池的護欄上。宇軒真是一個容易讓人親近的好人。

「音波俠私下是個什麼樣的人啊？跟現在一樣嗎？」我問，心心坐在護欄旁。

心心早看出我的心思，她並不是一個粗枝大葉的女孩。

「他是個笨蛋，跟你一樣，只是你們是不同型的笨蛋。你們都很可愛，都很關心別人，都很有正義感。」心心兩腳晃著，就跟那時在大樹上玩仙女棒時一樣。

「所以音波俠只比我多了超能力？」我苦笑，雙手捧著心口，假裝被子彈擊中。

「不是這樣的。」心心朝著我丟了一塊小石子，我毫不在意地接住。

我可不是以前那個小鬼了，我希望心心能記住這點。

「等到你遇到真正喜歡的人，你一定會在她身上發現一些，在別人身上發現不到的特質。」心心看著正用音波流轉功將建漢飄浮在半空的宇軒，嘴角微揚。

「不要替我決定誰是我真正喜歡的人！」突然，我有些怒氣。

要喜歡誰是我希望可以獲得的，最起碼的尊重。

心心有些歉然，但沒有說話。

「對不起。」道歉的反而是我，我不習慣看見心心不舒服的表情。

「不。」心心聳聳肩，居然笑了出來：「你果然還是個小鬼。」

我好無奈。

在心心面前我完全無計可施啊，連裝酷裝憂鬱都會失敗。

「對了，你跟音波俠之間都怎麼相處的？」我轉移話題：「很多漫畫都說，城市超人常常會犧牲跟女友、家人相處的時間，在城市裡到處行俠仗義，像這幾年就有傳言，說月光女騎姆奈就為了到處濟弱扶傾，不但荒廢了課業，還跟男友分手。」

「是啊，宇軒常常吃飯吃到一半，一旦感應到有人呼救，宇軒就會匆匆忙忙跑到店家的廁所換衣服，然後一溜煙不見。」心心好像在說一件很爆笑的事，邊說邊笑到咳嗽。

「會很困擾嗎？」我期待。

「拜託，我也是很忙的啊，在這個忙碌的城市裡，比宇軒還要累還要操更多心的人多的是，我也常常臨時有事，在約會時跟宇軒說抱歉呢。不過，超人怎麼說都是一種危險職業，有時候我也很擔心宇軒。」心心露出擔憂的表情。

為「我的男友從事著高度危險的拯救人類事業」露出擔憂表情的心心，讓我在瞬間又落入谷底中的谷底。這種高貴的擔憂有幾個人可以享受到？

我咬著牙，問：「那……你們到幾壘了？」心中不知在焦惶著什麼，也許我是在尋求痛快的自我毀滅吧。

「喂！你真的比小鬼還要小鬼耶！」心心用手指彈了我的額頭一下，這一下我沒有避過。

我裝作不在意，惡作劇般獰笑。

許久，只有溼潤的月光撒落在噴水池上，宇軒喝醉了，跟建漢兩人倒在池子邊胡說八道著，我聽，兩人像是正聊著閃電怪客的相關收藏品。

也許，建漢完全失去抵抗的戰意了。

「義智，能夠真心為我高興嗎？」心心坐在我身邊，握住我的手，她暖暖的手溫讓我心頭顫抖。

我不說話，頭低低。我終究掩藏不了。

「你一向比建漢纖細，也比建漢更喜歡我，這些我都知道。」心心低著頭，將臉朝上看著我，若有所思：「所以也應該更珍惜我們之間喔。」

我嘆了一口氣，真拿她沒辦法。

「一個是我最愛的人，一個是我最崇拜的英雄。這兩個人在一起，如果我居然不能替你們高興，那一定是我不好。我只是需要時間去習慣這件事，唉。」我說，但我的聲音透露出我嚴重的失望。

「頭髮長了。」心心笑嘻嘻地弄亂我的頭髮，我笑了起來。

「你跟建漢、可洛，都是我生命中最重要的人，都是我的家人。」心心捏著我的臉，說：「家人要常常聚在一塊，知道嗎？有空就打電話給我，我們一起看場電影還是吃個飯，或者，幫你剪個頭髮？」

我點點頭，眼淚掉了下來。

我知道我是多麼依賴心心，多麼喜歡在心心兩字的後面，加上『姊姊』這個重要的稱謂。也許，那才是我真正的位置。

「還有，小鬼，真要打拳，就要讓我看看你勇敢的樣子。」心心敲著我結實的胸膛，說：「喜歡的女生被追走了，掉眼淚沒人會笑你，但是打輸了，在台上哭出來就丟臉死了。」

我眼淚還沒乾就笑了出來，心情居然好多了。

「你們三個小鬼永遠是我最重要最重要的家人，永遠都不會改變。」心心抱住我，很用力，很用力：「你們來找我，我好開心，真的，我一直都在期待著今天。」

我突然覺得自己剛剛的失落很差勁，也覺得此刻心中被一種非常豐沛的情感給灌滿了。

沒有什麼比家人更重要的了。

「心心姊姊，希望妳幸福。」我說，真心真意的。

「哈啾！」心心姊姊突然打了個噴嚏。

我們都笑了出來。

「下次見面，我幫你剪個新髮型。」心心姊姊握起拳頭，得意地說：「頂著我剪的新髮型上場，沒打贏可別想下台！」

「一定。」我信誓旦旦：「我給妳掛保證！」

當天晚上，我跟建漢東倒西歪回到那間狗窩後，立刻摔倒在床上。

起先，兩個人都很有默契不去提心心姊姊跟音波俠宇軒在一起的事，儘挑些心心姊姊變漂亮，音波俠其實平易近人的芝麻蒜皮聊著。我想，一向比我開朗十倍的建漢一定有辦法癒合失戀創傷的方法。

我們都睡不著。

「過幾天我就要去警校了，時間真的過得好快。」建漢看著天花板，然後看看窗外。

「嗯。」我也看著天花板，然後看看窗外。

缺了一角的窗戶外，星光在霧氣中模糊了起來，快天亮了也許。

「上次我們一起看著不乖房窗戶外面的星星，好像是在發誓，發誓要娶心心姊姊當老婆喔？」建漢自嘲著。

「幹。」我笑道，簡直是笑中帶淚。

「哈。其實我早就偷偷看開了，不知道從什麼時候開始，我就不打算追心心姊姊了。」建漢喃喃說著。

「啊？」我吃了一驚，說：「為什麼？」

「因為我覺得比不上你啊。」建漢搔搔頭，說：「而且你比較死心眼，死心眼的人比較容易沒品，沒品的人追不到喜歡的女生，就容易翻臉。所以我只好偷偷放棄，唉，沒想到心心姊姊居然是被別人追走的。」

我不知道該說什麼，但我對建漢現在所說的話，不僅沒有一絲感激，還有些許錯亂。

「媽的，我還以為今天我們兩個是同時失戀，同病相憐！」我慘叫，坐了起來。原來我竟是孤軍一人陣亡！

建漢向我比了跟中指，笑道：「去你的，我可是長期假性失戀，比你孤單多了。」

我抓亂自己的頭髮，摔回床上，說：「可惡啊！竟然有這種事！竟然有這種事！」

兩人都不再說話，許久的沉默之後，不知道是誰先開始的，兩人突然一陣大笑，這一笑下去竟不可遏抑。

建漢大笑：「你沒想過你會輸給音波俠吧？哈哈哈哈！」

我舉雙手贊成：「壓根都沒想到啊！」雙腳亂踢。

建漢上氣不接下氣，說：「沒法子了，你的情敵太恐怖了！太恐怖了！哈哈……」

我在床上翻滾，慘叫：「完全被ＴＫＯ（技術擊倒）了！最差勁的是，我居然還不討厭音波俠！他為什麼偏偏那麼平易近人啊？搞得我幾乎沒有反擊的力氣！」

建漢瘋狂拍手：「是啊是啊！他偏偏也喜歡閃電怪客！連我都不得不喜歡他啊！」

我笑累了，四肢癱著。

「今天心心姊姊在噴水池旁，跟我說了好一陣子的話。」我的語氣緩了下來，說：「她說我們都是她最重要的家人，讓我哭得亂七八糟。」

建漢沒有說話。

「但我還是喜歡心心姊姊。」我承認。

「不會吧？」建漢將枕頭壓住自己的臉。

「我要當一個好備胎，讓心心姊姊沒有任何壓力的備胎，所以你要替我保守祕密。」我慢慢說道。

「天啊，萬年備胎！」建漢的聲音透過枕頭。

「要不要一起當？」我鼓舞地說：「說真的，並肩作戰吧。戀愛就是一場並肩作戰，一定很有意思。」

建漢的笑聲間間斷斷，好不容易他才開口：「真抱歉喔。我不跟沒品的人並肩作戰，哈哈哈哈哈。」

我也笑了起來。

的確，我真的是蠻沒品的。

「要保密喔。」我說。

「加油。」建漢幾乎是笑著睡著的。

第六章　初生之犢

小拳館裡，汗臭是男人最豪邁的香水，破損掉線的拳套是男人獲得尊重的記號。

無時無刻，這裡都瀰漫著一股讓人悶得透不過氣的鹹味。

「決定了，你第一場打架的對手，就是肯諾思拳館的王凱牙吧。」布魯斯看著比賽選手名單，說：「一百七十八公分，八十四公斤，擅長近距離的連續左刺拳，絕招是輪擺式移位。懂了嗎？」

我點點頭，在跑步機上已連續跑了兩個多小時。我已經準備好了。

「王凱牙的戰績呢？」我控制逐漸紊亂的呼吸，在場上沒有比控制呼吸更能節省體力的技巧了。

布魯斯打了個哈欠：「生涯十八勝七敗，爛得要命啦，不過他打過三個拳季了，對你來說可是個老滑頭。」

我吐吐舌頭，這種戰績其實已有中上的水準，布魯斯真是太看得起我了。

「輪擺式移位倒是不錯的技巧，不過你只要抓準時機，用那本郵購書上教的「鑽石反擊拳」把他的脖子打爛，你就贏了。」布魯斯鼓舞我。

布魯斯沒教過我什麼技巧，如果有聊到技巧之類的東西，他也只是用我看過的那本該死的郵購書當講義，隨便提出裡面某個破壞力極強的大招式。

也就是說，從頭到尾，布魯斯都只吩咐我不斷進行基礎的體能訓練，然後不斷重複，就跟所有的拳擊漫畫提到的一樣。

我懷疑過布魯斯是不是無心教導我，但我在拳館的資料收集室中翻箱倒櫃，找到幾片佈滿灰塵的光碟，觀看布魯斯過去在全盛時期的比賽，天啊，那真的是一連串毫無技巧的暴力競技，布魯斯擁有的野性跟爆發力，讓他在兩公尺以上的長人陣中稱霸，而稱霸的過程跟技巧絲毫一點關係都沒有。

「如果你在場上被打得很慘，靠，記得想想讓你最生氣的往事！」布魯斯又開始那套精神勝利法：「然後你就會充滿力量，每一拳都能ＫＯ王凱牙！當然，你也得先打中他才行。」

我不禁莞爾，也許我該親自去翻翻王凱牙的比賽錄影帶來觀察。當老闆是個天才時，徒弟格外辛苦。

布魯斯看我微笑，大概是生氣了，於是說：「別跑了，我們來舉啞鈴，就算你再有耐力，沒有把石頭打碎的力氣的話，你這輩子也只能在鯊魚級裡面打架，別想挑戰暴風級！」

我忍不住笑了出來：「我可沒想過去挑戰暴風級，我只要當上鯊魚級的拳王就很滿足了。」舉起三十五磅的啞鈴。

布魯斯沒有亂逼我，拿出兩張不限場次的低級門票，說：「拿去給你的女人跟朋友，叫他們來看比賽吧。這場比賽打贏了可以賺三萬，輸了也有五千，你打贏的話我抽一萬，你輸了我就全給你。」

我點頭道謝，讓布魯斯將門票塞在我的褲袋裡。

「對了，我什麼時候可以開始打練習賽？正式比賽前至少來個兩回賽吧？」我說，將啞鈴加了兩磅。

「早就安排好了，從後天開始，一天打一場兩回合的練習賽。」布魯斯摸著下巴上的大鬍子，說：「一開始會很痛，靠，但我可不是叫你習慣痛就好了，想法子把比賽打得特別一些啊，聽你老闆的話就對了，幾場練習賽下來還不能知道你當不當得成職業拳手，在練習賽被打倒也不要緊，職業拳手不是光能贏就行了。」

「不然呢？」我開始感覺肌肉負擔增大許多。

「靠，還得有本事把比賽打得有個人特色，這樣職業生涯才能長久啊！」布魯斯得意洋洋地說：「不然你以為我這把年紀了怎麼在暴風級裡打架？有些觀眾就是喜歡我這個流氓調調。」

有些道理的樣子。我停下啞鈴練習，讓肌肉鬆弛一下。

「對了，比賽前幾天可不要跟女人亂搞啊。」布魯斯耳提面命：「比賽完才可以鳴砲慶祝，知道麼？」

「知道了老闆。」我哪來的女人。

我決心在心心姊姊面前展現我充滿氣魄的一面，在她的眼中，我是個永遠都長不大的小男生，而拳擊場上的戰鬥，或許能讓她知道我努力在變成一個男人。

雖然我知道，我再怎麼厲害都不會比音波俠還要了不起，但這不是重點。

不是重點呢。

「嘿嘿嘿！哈啾！」

「哈！動手吧！」

我笑笑，坐在選手休息室的鐵椅子上，距離比賽開場只剩半小時。

心心姊姊依照約定，拿著一把剪刀笑嘻嘻地出現在休息室門口。

我低著頭，像小時候一樣。

「今天是什麼頭？」我看著冰冷的鐵片貼著頸子，然後地上多了一撮頭髮。

「我要邊剪邊想，我是靠臨時的靈感的好不好。」心心姊姊說，手上的剪刀卻一秒都沒停過，她的靈感真是隨性的可怕。

我看著膠鞋腳邊一塊一塊的頭髮，感覺著心心姊姊的手將我的耳朵折起來，剪刀刷一聲將耳朵上的頭髮落地。

好舒服的感覺，我緊繃的肌肉幾乎完全鬆弛。

「今天是你第一場比賽，有幾個朋友會來看喔。」心心姊姊的剪刀刷刷刷刷，我的後腦勺突然好冷。

「誰啊？我的頭好冷。」我忍不住伸手去摸，卻被心心姊姊一掌打落。

從以前到現在，我的新髮型都是最後一刻才見分曉，恐怖的驚喜似的。

「等一下，你就會看見觀眾席上為你加油的人了。」心心姊姊神秘兮兮地說：「記得要勇敢一點，不要變成大狗熊了！」又是一陣簡潔俐落毫不遲疑的刷刷刷。

「喔。」我看著手上紅色的拳套，那個為我加油的人該不會就是可以瞬間ＫＯ對手的宇軒先生吧？

啪！

「好了！」心心姊姊用力甩了我的後腦袋一巴掌，清清脆脆的，我的媽，我的後腦果然清潔溜溜了！

我站了起來，看了看牆上的鏡子。

後腦頭髮齊耳消失，前面的頭髮卻被剪成炸彈開花。

「再加上這個！」心心姊姊塗了滿手的髮膠，胡亂在我頭髮上戳戳黏黏，高深莫測說道：「這樣才夠氣派！一定會讓觀眾印象深刻的。」

我看著鏡子裡的狗啃頭怪人苦笑，但心裡卻很甜蜜。

有些感覺，當它一遍又一遍從童年深處被喚起時，它既濃烈，又綿密著遙遠的特殊香味。

「呼，看我的。」我親吻拳套。

休息室門打開。

「靠。」是布魯斯，披著毛巾，拿著水桶，今天的教練跟助理都由他一手包辦。

「帥氣吧！上場！」我吼道。

「精力充沛的小子！上場跟王凱牙打一場好架吧！」布魯斯哈哈大笑。

全場黑壓壓的，寂靜中帶點竊竊私語，好像隨時都會來場大地震。

然後是衝天乾冰霧，加上五彩繽紛的火花，跟我在電視裡看到的一模一樣，卻又完全不一樣。

「藍邊！肯諾斯拳館！輪擺人王凱牙！」

主持人興奮地宣佈，全場擊掌叫囂，閃亮的燈柱打在場子的另一端，一個全身披著藍色戰袍的高大壯漢霍步進場，肯諾斯全館的昂貴陣仗像機械人部隊般跟隨在後，個個士氣高昂，有如集體作戰般。

「小子，你走運了，下一場是藍鯨級的重要比賽，所以現場的觀眾還不少。」布魯斯嘿嘿笑著，跟我一齊看著塊頭比我高大的王凱牙將藍袍狠狠撕裂，站在擂台上搶過主持人的麥克風大吼。

「乳臭未乾的小鬼！快點滾上來受死吧！讓我們看看窮酸的鬼影拳館教出什麼樣的拳擊笨蛋！」王凱牙大叫，現場氣氛立即沸騰。

「上！」布魯斯突然矮身將我扛起，我嚇了一跳，只好坐在他的肩膀上，兩腿夾著他的脖子，任布魯斯哈哈大笑衝進場子！

全場驚奇聲大作，口哨與噓聲不斷，布魯斯在移動的光柱裡震天大吼，竟甩身將我往擂台上拋出，觀眾驚叫了一聲，我來不及穩住身子，就將同樣獃住的王凱牙撲倒！

全場爆出大笑，王凱牙狼狽爬起，我更是尷尬不已，連忙試圖道歉。

「頭髮亂剪的小子！來吧！讓我教教你什麼是痛！」王凱牙抹抹鼻血，似乎為遭到突擊忿忿不平。

「噹！」鈴聲響起！

「撐著！」布魯斯大叫。

我大驚，連忙將拳頭護住身體與下巴，王凱牙一記突來的誇張右拳轟上，我整個身體往後撞上擂台柱子，他的拳頭竟如此有力！

「呼！」我好喘，果然不愧是真正的職業比賽，一拳就讓我全身緊繃不已。

王凱牙沒有追擊，好整以暇地扭動大的脖子，靈動的左拳微微在胸前搖擺著。

「嘿，站好，一下子就結束了。」王凱牙說，說著職業賽中千篇一律的恐嚇話語。

我對齜牙咧嘴的王凱牙胡亂比了個手勢，東張西望著，既然一下子就會結束了，我得搞清楚心心姊姊跟建漢坐哪，還有到底是誰也跑來替我加油了。

王凱牙大概也很吃驚吧，既然我擺明了等一下再說，他也沒有出拳，只是跟著我的視線觀察環場爆滿的觀眾席。

「豬頭！我們在這裡！」是建漢的大叫。

我找到建漢的位置，他拿著「義智必勝」的看板揮舞著，心心姊姊跟偉大英明的宇軒坐在建漢旁邊，而叫我眼睛瞠大的是，可洛跟久不見的閃電怪客居然也笑嘻嘻地跟他們坐在一起，宇軒看起來格外興奮，想來是閃電怪客的緣故。

閃電怪客朝我比了個大拇指手勢，蒼老的眼睛瞇成了一條線。

「真是太捧場了。」我讚嘆，振臂大吼。

全場的觀眾發出噓聲，顯然是對我很不滿。

「王凱牙快點幹掉他！」

「快殺死這個髮型怪異的笨蛋！」

「快打啊！快打一打換下一場！」

「幹你媽的爛比賽！兩個爛東西都去死一死！」

王凱牙低吼一聲，身體慢慢欺近，左拳像彈簧般驟伸威嚇。

我輕輕跳了一下，很好，剛剛那一拳沒什麼影響。

「布魯斯？」我移動腳步，兩拳擺出攻擊姿勢。

「幹嘛？」布魯斯應聲。

「職業賽好吵！」我大叫，衝上前！

第一場比賽，開打！

「靠！蹲下！」布魯斯大叫。

王凱牙的拳頭轟上，我沒有依照布魯斯躲開，只是用左手護住臉，打算硬捱這一拳！

碰！

王凱牙大吼，我左手拳套宛若無物，拳勁直透，好像有顆鉛球砸在我的臉上，我一咬牙，雙腳撐住向後彈起的衝力，神勇地屹立在拳台中央。

時間好像稍微頓挫了一下。

「哼。」靠在臉上的左拳已經僵硬了，真正的職業拳擊手果然有兩下子。

「別太小看老子的拳頭。」王凱牙頗為不滿。

「我還以為是搔癢呢。」我的左手快冒煙了。

我輕輕移開雙腳，右拳飛快刺向王凱牙，但他龐大的身軀卻擁有不相稱的速度，靈巧地躲開我三拳，然後一踏步繞到我的右側。

我趕緊低下身子，主動衝向王凱牙迎接一連串左拳連刺，然後在一大堆砰砰砰砰聲響中，用力朝王凱牙壯碩的身子揮拳。

王凱牙冷笑一聲，我的拳頭再度落空。

「看你能捱我幾拳！」王凱牙的身體開始左右搖擺，他的聲音透過架在擂台旁的麥克風傳給全場，這是職業拳賽用來鼓譟氣氛的對決噱頭。

「不痛不癢！」我慢慢移動原本僵硬的左手，緊盯著王凱牙左右快速擺動的預備攻擊姿態。雖說嘴巴說著是不痛不癢，但王凱牙剛剛在一串綿密的左拳已經讓我頭昏目眩。

「接招！」王凱牙施展著他的輪擺式移位，上半身晃到我的左邊，然後像彈簧般舉起右拳朝我揮來。

我用左拳勉強格擋住這一拳，但輪擺式移位的全身衝擊力非常巨大，我整個身體都飛了起來，直到撞上護繩才停下。

「好！」全場觀眾大聲叫好，不知道是為了我絕不閃躲的風格叫好，還是對王凱牙這兇猛的一拳感到興奮。

我趁著跟王凱牙拉開距離，朝觀眾席一看，心心姊姊張大了嘴，雙手緊緊揑著宇軒的手。

可惡。

「臭小子別分神！」布魯斯鬼叫著。

王凱牙主動上前，我心中不忿，站直身子傾力大吼。

「站好！」我雙腳叉在台上，全身一弓，跳起，朝王凱牙的下巴揮出一記「無段式羚羊拳」。

王凱牙再度消失，我的羚羊拳只打到一團空氣。

我定神一看，王凱牙的輪擺式移位再度啟動，我感到右邊一陣勁風。

王凱牙的左拳掄起，朝我的下腹部鉤上！

「來吧！」我大吼，不移不閃，屏住氣息。

王凱牙的勾拳鑽進我的肚子，我的身體好像快炸開了，想張開嘴大吼，卻忍不住吐了一堆雜七雜八的東西在王凱牙的臉上，王凱牙哇哇大叫，全場嘩然。

我顧不得形象，抓緊著千載難逢的機會，朝王凱牙的臉上轟下「鑽石一擊殺」，王凱牙啐不及防跪墜在擂台中央，非常乾脆的擊倒！

「吼！」我大叫，身體勉強靠在護繩上，然後剛剛沒吐完的穢物繼續從嘴巴裡噴向觀眾席。

布魯斯跑到我身邊，用手拍著擂台問我：「喂！你是閃不過還是不想閃？」

「我是個不畏懼任何拳頭的男人！」我大吼，男子漢的宣言透過麥克風震撼全場。我看著心心姊姊嘔吐，她正站起身子大聲喊著一些數字。

此時裁判跑到場中開始倒數，王凱牙憤怒地推開裁判，搖搖晃晃站了起來。可恨，要不是我腹部受創被削去大部分的力氣，在剛剛絕佳的突襲時點上，這鑽石一擊殺的力量一定能夠將他直接揍昏。

「混帳！」王凱牙用手撥開臉上的嘔吐物，發狂向我衝來。

「誰怕誰！」我向前衝，然後突然往後一跳自行撞上護繩，藉繩子的反彈力道往前暴衝，舉起右拳使出招式誇張的「螺旋槳拳」！

王凱牙因為我突然的後退錯揮了一拳，我掌握突擊優勢，一拳鑽進王凱牙的鼻子，將全身的力量釋放出來。

「倒下！」我心裡狂吼。拳套上的觸感相當飽滿，就是這一擊了！

王凱牙整個身體斜斜飛倒，摔在我身邊。

「呼。」我喘息，立刻抬起頭來，眼睛看著觀眾席上的心心姊姊，舉起雙臂宣告勝利。

「小心！」心心姊姊大叫。

我獃住了，感到臉上一陣橡皮焦味炙燙著。

噹！

第一回合鈴聲響起，比賽結束。

我睜開雙眼，映入眼簾的是心心姊姊焦急的眼神，還有一堆星星在頭頂上飛來飛去。

「還好吧？」心心姊姊捏著我的鼻子，露出與剛剛截然兩幟的頑皮笑容。

「啊？」我還搞不太清楚狀況，只覺得頭很痛，肚子很痛，全身上下都很痛。

我想坐起來，卻被心心姊姊用力壓在床上。

「靠，你他媽的輸了。」布魯斯坐在一旁，翻著裸女雜誌，語氣滿不在乎。

我沒有力氣問話，只好努力回想……

「等等！我輸了？」我整個身體彈了起來。

「輸得很不值得啊！」建漢的聲音，我往旁邊一看，他跟可洛正在水桶邊擰溼毛巾，建漢笑笑站起，將我額頭上的毛巾換上新的。這裡好像是拳館裡的選手休息室。

我迷糊不已，說：「可是我明明把那個姓王的輪擺人轟垮了啊？」

布魯斯打了個哈欠，拿起電視遙控器，按下開關，床前的電視立刻放映出比賽結束前的五秒鐘。顯然布魯斯他們已經將這一幕看了好幾遍。

畫面中，我舉起雙手高興地揮舞著，原本我以為慘遭擊倒的王凱牙竟沒有完全倒下，強壯如斯的他只是單膝跪在我身邊，然後慢慢站了起來。

接下來，比賽就在我得意忘形的時候天旋地轉地結束了。

「你的眼睛在看哪啊？整場比賽都魂不附體似的，哈哈哈哈。」布魯斯沒有責備我，反而哈哈大笑起來。

心心姊姊臉紅了起來，隨即又回復原先的模樣說：「你也真誇張，好好打場拳，怎麼老是不閃躲呢？白白挨打很好玩嗎？」

我傻笑，只是問：「不閃不躲，不是很有男子氣概嗎？」眼睛四處張望，宇軒不在。

建漢看穿我的心思，說：「宇軒回去上班了，他可是蹺班出來看你的比賽喔。」

「閃電……嗯……他人呢？」我想起了許久不見卻來捧場的閃電老伯。但布魯斯並不知道閃電怪客跟我們相熟。

「他看完你的比賽，幫宇軒簽完名就走了。」可洛笑嘻嘻地說：「他說你打得不錯喔，比起在廢工廠練拳時像樣多了。」

布魯斯不明就裡，問：「靠，那個老頭是誰？還簽名？」

我不回答，只是沉浸在剛剛處女賽的戰鬥樂趣中。

雖然輸掉了，可是沒關係，我已經展現出身為一個男人的勇敢模樣，這才是我的目的。

「還笑？像個小鬼似的。」心心姊姊拿著冰袋冰敷我身上的瘀傷。

「啊？小鬼？」我吒舌，建漢跟可洛卻在水桶邊吃吃笑了起來。

「大概是髮型不妙吧，下次幫你再剪一個新的勝利髮型。」心心姊姊說。

我差點又昏了過去，原來要通過男子漢的認證如此困難重重，我的戀愛好痛。

「對了，你下一場比賽已經安排好了，兩個禮拜後跟超級新人宮本雷葬打架，這是不錯的機會。」布魯斯將電視關掉，笑嘻嘻地說。

「怎麼會這麼快？」心心姊姊有些擔憂。

「靠，他這一場打得娛樂性十足，不但吐在王凱牙的臉上，還連用了兩個誇張的大招式，再加上小鬼不閃不避、東張西望的瘋子性格，哈，雖然只有一回合，但觀眾的反應很不錯，安排比賽的協會也很滿意，所以下一場的比賽來得快，打架的組合也棒！」布魯斯顯得很興奮，說：「我當你的經紀人真是當對了，連價碼都提高了兩倍。」

我乾笑：「我打輸了，你不是沒法子抽成嗎？」

布魯斯嘿嘿笑道：「靠，老子比你熟悉職業拳壇，我跟協會要求將自己的比賽排在你的比賽的屁股後面，嘿，這樣的話，我的比賽就會跟著熱呼起來，拿到的價碼當然也高。」

我點點頭，轉頭問心心姊姊：「心心姊姊，我賺了五千塊耶，妳想要什麼，我買個禮物送給妳。」

「下次再送我一張門票囉！」心心姊姊笑道，拍拍我的臉。

我高興地閉上眼睛，全身的痛楚減緩了不少。

兩個禮拜的復原，應該夠了，我還有時間去後山拜訪閃電怪客跟亞里斯多德。

此時，一個老教練衝進休息室，嚷著：「城西的骷髏殘黨攻擊市立監獄，應該是想劫出之前被抓的骷髏幫老大，音波俠剛剛趕到！全部頻道現場轉播！」然後打開電視轉播，一大堆汗臭四溢的拳手跟著衝進休息室，大家擠在我身邊。

我嘆了一口氣，看著螢光幕上比起超人電影不遑多讓的善惡對決。

獄警躺了一地。

電網被剪開。

圍牆破了十幾個大洞。

骷髏殘黨穿著黑色連身皮衣起起落落，圍繞著一身藍色勁裝的音波俠囂戰著。子彈聲、呼喊聲、爆炸聲、警察防彈盾牌的碰撞聲，還有音波俠，宇軒，每一個招式帶起的震耳欲聾。

我看著螢幕，我最崇拜的英雄，然後看看心心姊姊。

心心姊姊流著眼淚，雙手合十祈禱，時而緊閉眼睛顫抖，時而睜開眼睛念念禱祝。

這表情，剛剛根本未曾出現在我比賽中的任何一刻。

然後音波俠毫髮無傷，站在一群東倒西歪的劫獄客中間，警察一湧而上，音波俠飄然遠去。

心心姊姊鬆了一口氣，臉上綻放出我畢生追求的幸福笑顏。

「靠，這才是英雄啊。」布魯斯喃喃說道，連自視甚高的他都這麼說。

我緊緊握著拳頭。

緊緊握著。

139 打噴嚏

A choo!

第七章　成為超人的條件

「我想要力量。」

我站在廢棄鐵工廠的門口。

「結果還是需要力量嗎？」

閃電怪客抽著捲菸，亞里斯多德前爪揉著眼睛。

我將行李隨手放在門口，笑笑，從袋子裡拿出兩隻烤雞腿。

「謝謝你來看我比賽，我很高興。」我將雞腿丟出，閃電怪客隨手凌空一點，兩隻雞腿登時被一團金黃電氣給包圍住，飄浮在空中。

閃電怪客伸手拿過一隻雞腿，另一隻則被亞里斯多德咬去。

這還是亞里斯多德第一次吃我拿來的食物。

「不錯吃！」閃電怪客滿意地說，大嘴撕著雞肉。

我坐在汽油桶上，搔著頭，說：「我想過了，其實心心姊姊說喜歡有勇氣的男人，但其實有勇氣的意思是接近危險而絲毫不露懼色，至於要接近危險就不太可能在比賽的擂台上，所以……」

閃電怪客嘴巴嚼著肉，含糊不清地說：「至於要接近危險，難道一定要變身成超人？」

亞里斯多德將雞腿整個吃進肚子，晃著腦袋，鼻孔噴氣，好像不苟同我說的話。

「是不是一定要變身成超人我不管，但我變定了！」我篤定地說：「你以前說過，超能力怎麼得來的是你們這些城市英雄最大的祕密，但閃電阿伯，你認識我這麼久了，你應該知道我很適合變成超人！而且我很需要！」

閃電怪客裝傻道：「如果你真的適合，超能力自然會找上你。」

我慘叫：「別再跟我說這些似是而非的道理！我只知道我有了超能力之後，絕對不會為非作歹！我只不過想得到一段愛情罷了！」

閃電怪客吞下最後一口肉，胡扯：「也許愛情不需要超能力，所以超能力沒找上你？」

我有些生氣了，大叫：「喂！那我想主持正義行不行！你快把得到超能力的祕訣告訴我吧！」

閃電怪客發笑，看著亞里斯多德，亞里斯多德將頭別了過去，好像我說的話通通是廢屁一樣。

我有些想哭，唯一可能教我超能力的老頭對我一點興趣都沒有。

「聽著，唉，當超人沒什麼好的，讓超人保護自己不更方便？」閃電怪客打了個哈欠，說：「我身上一大堆疤痕都是一些奇奇怪怪的敵人留下來的，說有多難看就多難看，況且超能力又不是武功，怎麼說教就教？」然後就要脫衣服展示他身上的傷疤。

我對閃電怪客光榮的傷疤一點興趣也沒，說：「閃電阿伯，既然沒法子說教就教，你不如當成放屁一樣說給我聽，我要是真的沒辦法學，一定不會繼續死纏著你。」

閃電怪客沉吟了一會，好像開始認真考慮，我蹲在汽油桶上屏息以待。

「還是不行。」閃電怪客站了起來，伸了個懶腰。

「為什麼！」我跳下。

「除非你答應我，你絕對不亂來。」閃電怪客的表情頗嚴肅，一邊摳著牙。

「好！」我不加思索。

閃電怪客伸出手掌，一團白色的電氣慢慢凝聚在掌心，變成一個時而撩動、時而急竄的光球，閃電怪客深呼吸，手臂青筋暴露，那光球被無形的電磁場壓扁，變成一個燦爛的小核心，好像包藏著一股巨大能量似的。

「要給我嗎?用吃的？」我蠻興奮的，顯然我也會是電氣類的超人。

「不是，只是讓你知道，城市英雄是一種天授的命運，因為這些一般人根本無從想像的力量，可是經過種種不可思議的巧合，鬼門關的迴盪，才被我們擁有。」閃電怪客將充滿能量的核心握緊，全身立即流竄著嗶嗶剝剝的靜電撕咬聲，還有熱氣。

閃電怪客娓娓說著：「我身上的電流，可說是大難不死的奇蹟。我的母親懷孕時在發電廠工作，那天……」

我插嘴：「既然你媽媽懷孕時還在發電廠工作，那你媽媽一定是被發電機電到，於是你一生下來就擁有發電的能力？」這可是英雄漫畫「子力母授」的公式。

「答對一半。」閃電怪客眼睛泛著淚光，說：「我的母親在懷孕初期，就被醫院檢查出腹中胎兒是個染色體異變的畸形兒，很可能一出生便會夭折，但母親還是堅持要冒險把我生下來，然而在發電廠一次嚴重的意外中，我的母親被強大的電流貫穿，幾乎烤焦，但原先染色體缺陷的我卻意外活了下來。我想，這都是染色體遭到強力電擊後產生第二階段異變的結果，不僅使仍在腹中的我沒有夭折，更讓我擁有操縱電力的奇特天賦。」

我嘆了一口氣，原來閃電怪客也是從小沒了媽媽。

「所以，絕對不是遭到電擊就可以擁有電的力量，你的身體某處也必須作好準備才行。」閃電怪客認真地說：「各種巧合必須環環相扣，每一個超人都歷經絕處逢生的經驗，一個環節脫漏了，就會死。」

我靜靜聽著。

「從前在我風光的時候，我認識一個動物系的超人，他一旦害怕的時候，全身的皮膚就會出現像孟加拉虎身上的黃黑條紋，嘴巴也會長出尖銳的牙齒，力大無窮，是鄰郡的城市英雄。」閃電怪客慢慢踱步，說：「他原本是個動物園管理員，有一天晚上，一群解放動物園組織的人闖進了園區，偷偷釋放了十幾隻老虎，於是慘劇就發生了。首當其衝的他被咬得血肉模糊後，在醫院裡被一群死馬當活馬醫的科學家利用細胞增生技術治療，卻意外讓留在肌肉傷口裡的老虎唾液中的細胞突變，跟他的細胞融合為一，從此這個世界上便有了力大無窮的『巨虎人』。」

我張大嘴巴，還真是九死一生，還要加上嚴重的實驗紕漏。

閃電怪客拍拍我的肩膀，說：「但是你知道那天晚上動物園死了幾個人嗎？十七個管理員裡，只有巨虎人活了下來，不說是上天註定授與他應得的能力，沒有別的可能了。」

我心裡好煩，突然想知道宇軒是怎麼得到控制音波能力的經過。

「沒有正常一點的嗎？靠努力的那種？」我有些喪氣。

「比較接近人為的……有了！」閃電怪客擊掌，想起了回憶中的某人，說：「十多年前我跟一個北京的火球超人通過一陣子信，他說他原本是嵩山少林寺的武僧，還沒有超能力之前，他光徒手就可以摺倒五十幾個練家子，有一天寺裡大火，樑柱倒塌，將他困死在火焰重圍裡，眼看就要給燒死了，於是武僧嘆了一口氣，決定靜坐達到涅盤境界，安安靜靜歸西，但他一閉目打坐，他的身子卻忍不住在大火裡運起他原本參悟不透的易筋經，那易筋經說也奇怪，竟不斷將周遭的熱氣、烈火，統統都給吸進了武僧的周身百穴，匯進了壇中氣海，成了類似內力的能量。」

「這麼神奇？」我有些躍躍欲試。

「後來那武僧便在一堆焦黑的瓦礫和殘敗的斷樑中走出，從此他的內力便跟火焰永不分離，只要他一出手，便是熊熊烈焰，內力催逼到頂峰時，甚至能徒手擊發出半徑十丈的大火球出來！」閃電怪客一臉的嚮往。

「好棒！這個主意不錯！」我熱切地說：「你跟他交情不錯，說什麼也得幫我借本易筋經來練練！」

閃電怪客遺憾地低頭：「火球超人早就死了，他變成火球超人之前，早就練武八十餘年，鑽研易筋經也有五十多年，在那場大火之後兩年，高齡九十二歲的他就一命歸天了。」

我愣住，這老傢伙居然練易筋經半個世紀？我可等不到那個時候。

「我說過了，當考驗來臨的時候，你的身體也要準備好才行。那場少林寺大火奪走了一百多個武僧的性命，就只有火球超人因為苦習易筋經有成，才活了下來。」

閃電怪客不忘重複這討人厭的結論。

我看著自己的雙手，天啊，我的身體到底要做什麼準備，可以讓我在鬼門關前跑回來，然後擁有一身超凡入聖的絕藝？

「就連亞里斯多德也是一樣。」閃電怪客看著亞里斯多德，慢慢說道：「原本亞里斯多德是一條平凡的流浪狗，他被捕狗隊抓進化妝品公司後，受盡種種非人道的化學實驗，甚至被開腸剖肚，等到他沒有利用價值的時候，亞里斯多德被送往更殘酷的放射線病變研究中心，去接受一種新的放射線之於生物的反應實驗，結果那放射線引發了亞里斯多德積貯在疤痕中的化妝品化學物質，產生激烈的突變，最後亞里斯多德就靠著突變的超能力突破重圍，逃了出來。」

我目瞪口呆，看著一身筋肉糾結的亞里斯多德。

「老朋友，露一手給小子瞧瞧吧？」閃電怪客才剛剛說完，亞里斯多德身上的疤痕上又發出我跟牠初次見面時的奇異磷光，磷光越來越亮，最後竟令我幾乎睜不開眼。

「亞里斯多德的力量就是刺眼的大燈泡？」我失笑。

「嘿，你不會想嘗試的。」閃電怪客搖搖頭，不住地竊笑。

亞里斯多德怒目看著我，刺眼磷光盤據在牠每一個曾經遭受痛苦對待的疤痕上，肌肉賁張，四肢昂挺。

「來吧！」我開玩笑擺出拳擊手的姿勢，說：「我現在可是個職業拳擊手囉！你以後不要看我不起了。」

亞里斯多德慢慢走近我，緩緩張開牠的大嘴，像恐龍般的尖銳牙齒森然發光。

「？」我不懂，但全神戒備著亞里斯多德的突擊，而牠只是慢慢地張開牠的嘴巴，慢吞吞地含住我的牛仔褲。

我正想向閃電怪客發問的時候，我被亞里斯多德慢條斯理含住的小腿好像快要炸掉似的，我慘叫一聲，跳了起來！

我不斷大吼，抱著肌肉不斷扭動的小腿在地上瘋狂打滾，甚至號啕大哭起來。

「很痛吧？」閃電怪客摀著嘴笑著，一副我是活該被咬的臭模樣。

「嗚……」我哭著，我好久沒這樣哭過了，我的小腿肉好像快要從骨頭上脫落一樣。

亞里斯多德輕蔑地看著我，身上的磷光慢慢褪退，坐下欣賞我哭個不停的樣子。

「亞里斯多德咬人超痛的，這就是牠的超能力。」閃電怪客比出一個大拇指，嘖嘖稱讚：「越大力就越痛！真的不是蓋的！」

「好爛的超能力！」我哭吼著：「好痛，嗚……」

閃電怪客蹲在我面前，拍拍我的小腿，我尖叫，把牠的手踢開。

「你的小腿不會有事的，因為亞里斯多德只是輕輕含一下，你瞧，牛仔褲都沒破吧！」閃電怪客吃吃笑著，伸手又碰了我的小腿一下，真是個臭老頭。

「走開！」我亂踢亂叫，小腿依然像著火一樣。

「哈哈哈哈，亞里斯多德的咬勁分為物理性的破壞跟化學性的破壞，物理性的破壞沒什麼了不起，頂多就跟獅子啊老虎啊一樣，但化學性的破壞可就屌壞了，只要牠的牙齒輕輕碰到活的東西，除非是隔了金屬，否則一般的布料根本擋不住牙齒上的磷光化學攻擊！」閃電怪客開心地解說著：「如果牙齒咬進了肉，磷光甚至當場痛昏你！屎尿齊流咧！」

我勉強靜了下來，小腿上的怪痛已慢慢消失，我擦乾眼淚，看著亞里斯多德嘲笑的眼神發抖。

「我第一次遇見亞里斯多德的時候，一人一狗為了爭一隻好吃的兔子打了起來，我雖然一眼就看出牠不是一般的大笨狗，但還是太低估牠了，只用了一萬伏特的電花拳輕輕敲在牠的腦瓜子上。」閃電怪客邊說邊笑：「結果被牠反咬了一口，我當場痛到昏了過去，而牠卻只受了輕傷，還吃掉了兔子。」

我的天啊，閃電怪客居然輸給了一條超能力沒什麼特殊之處的狗！

「亞里斯多德身上的磷光還可以削減外界的任何攻擊，雖然只是削弱，但可是很有用的。後來第二次對決時我才發現，我竟然要用五十萬伏特的超級電流才可以擊倒牠！」閃電怪客拍拍我的肩膀：「五十萬伏特的電流，可不亞於音波俠的任何大招式啊！而且我敢打賭，如果音波俠一開始沒有痛下殺手，倒在地上的絕對不會是這條狗！」

我瞪大雙眼。

連一隻狗都比我強？

亞里斯多德鼻孔又噴氣了，倨傲地睥睨著我，牠的確有這個資格。

「有了！」我翻身大叫。

「啊？」閃電怪客不解。

「我去那間化妝品公司志願接受那些亂七八糟的化學實驗，然後再去放射線病變中心照一下，從此以後我就擁有天下無敵的超痛拳！」我簡直熱淚盈眶。

閃電怪客跟亞里斯多德不約而同搖搖頭，然後一起嘆口氣。

「老伯伯我說了這麼多你還不懂？超能力不是經過計畫能夠得到的東西，因為超能力不是東西，而是一種天命啊！就連亞里斯多德都不可能記得牠當初所作的實驗包含了哪些化學藥劑，就算化學藥劑記熟了，被不同的藥劑虐待的次序可能也是細胞病變的原因，就算連次序、劑量、受虐時間長度都記熟了，經過放射線照射後，你還是不會變成『刺痛人』，因為你是人，亞里斯多德是條狗！」閃電怪客越說越大聲，好像我是個永遠都教不會的笨蛋似的。

我頹然大字型倒在地上。

搞了半天，成為超人的要素根本就不是祕密，因為根本沒有要素。

老天爺要你當音波俠，你就得是。

老天爺要一條狗踩在我的頭上，我一點反抗的機會都沒有。

搞了半天，一切都是傳說中的冥冥註定，施主不可強求，天外飛來一筆，強迫中獎。

這些，我都可以接受。

唯獨，老天爺宣佈我沒資格談這場戀愛，我不接受。

「幫我。」

我坐了起來，瞪著亞里斯多德。

「臭狗，別以為我怕了你。」我站了起來，擺出惡狠狠的戰鬥姿勢。

閃電怪客搔搔頭，用一種看見屍體的表情，好像正在說：「我知道你在想什麼，但你會後悔的。」

「看看是誰先倒下吧。」我故意恐嚇，對著亞里斯多德身前的空氣揮了一拳挑釁。

亞里斯多德站了起來，轉身走向廢棄工廠外，瞥眼要我跟上去。

「我不管了。這天氣睡午覺最好。」閃電怪客拿出睡袋鋪在地上。

我捏著拳頭，走了出去。

亞里斯多德跟我在夕陽下對看著。

牠像頭小獅子般的壯碩身軀輕輕抖動著，幾隻野狗好奇地趴在一旁等看好戲。

「別對我客氣，變身吧！」我穩住呼吸，想辦法忘卻剛剛小腿上痛不欲生的感覺。

亞里斯多德並沒有撲上，只是瞇起眼睛。

我恐嚇般揮著空拳，長久以來嚴苛的自我鍛鍊，使我的拳頭擁有瞬間擊昏常人的能力，就算是揮空拳也是魄力十足，空氣嘶嘶咧著。

「哼……」亞里斯多德並沒有變身，他好像以為可以輕鬆撂倒我似的。

我其實很尊敬亞里斯多德，一直以來都是如此。

牠看待我的眼神，從三年前的仇視、懷疑、不理不睬、到後來的輕蔑，我對亞里斯多德的觀感卻是始終如一。

但現在，我不得不做出一些改變。

「變身吧！不然你是打不過職業拳擊手的！」我大叫，一腳用力踢向亞里斯多德！

亞里斯多德大怒，並不閃躲我這一腳，巨大的身子一晃，原本已經踢到亞里斯多德肩胛的我居然往後跌倒兩三公尺，胸口隱隱發疼。

亞里斯多德鼻孔噴氣，漫步離去，大概覺得我已經得到教訓了。

「別走！」我大叫，趕緊衝上前抱住亞里斯多德的身子，好像抱住一個粗韌的大沙包似的。

「吼！」亞里斯多德不耐煩地往天空一蹬腳，七十多公斤的我居然被他帶離了地面，然後重重摔在地上。

但我還是緊緊抱住亞里斯多德，在牠耳朵旁大喊：「笨狗聽著！快點變身咬我幾口！」

亞里斯多德似乎很無奈，一點變身的意思都沒有，只是再度跳了起來，巨大的身體帶著我飛躍半空，然後急速彎身下墜，試圖給我一個慘烈的過肩摔。

「可惡！」我在半空中用膝蓋頂了亞里斯多德的肚子一下，牠憤怒地往我的肩膀咬了一大口，一人一狗雙雙落下。

碰！

我不理會肩膀上的痛楚，迅速爬了起來，熱烈地說：「還不夠！對付我，這樣的程度可不夠！快點變身吧！」

要是亞里斯多德瘋狂地咬我，牠經過突變的細胞透過磷光深入我的傷口，說不定，說不定……

「吼～吼～～～」亞里斯多德像一枚砲彈跳起、直線向我衝來。

我暗叫不妙，急忙側身避開的同時，右拳輕輕在亞里斯多德的頸子上一點。

「要是我用一點力，你早就昏過去了！」我大吼，亞里斯多德迴身前爪一劃，我往後移步，但運動短衫登時被利爪扯裂。

我感覺胸口已經受傷，但這點痛實在不算什麼，連王凱牙的拳頭都不如。

我矮身半蹲，大叫：「對不起了！」左拳暴起，以羚羊拳朝亞里斯多德的下巴揮去，這可是貨真價實的一拳。

亞里斯多德的身形一滯，被我的勾拳不偏不倚命中！

我有些歉疚，但我真心希望亞里斯多德能夠變身，然後啟動他該死的防護罩擋下我所有的攻擊。

我緊張地看著亞里斯多德，牠老人家凝視著我，眼睛瞪大。

「來吧！」我擺出攻擊姿態，腳步快速移動，猶如在擂台上一樣。

亞里斯多德大吼一聲，我大吃一驚，亞里斯多德以三倍於剛剛的速度消失在我面前！

「？！」我根本來不及反應，整個人就已經飄浮在半空中。

然後重重跌下！

好快的撲擊！難道他老人家一點變身的意思都沒有，就是因為牠根本不需要變身，就可以將我輕鬆轟到天空上？

我的屁股才剛剛摔下，亞里斯多德的臉鬼魅般出現在我的鼻子前，然後我眼前又是一黑。

「哇！」我痛叫，毫無防禦被亞里斯多德強大的衝擊力直接撞上臉面，頸骨差點斷掉！

我躺在地上，呼吸困難，因為鼻血不斷流出。

亞里斯多德的尾巴掃過我的臉，滿意地離開。

剛剛那一記顏面攻擊，絕不亞於職業拳擊手的決定性一擊。

「別走，行不行？」我搖晃著昏沉沉的腦袋，試圖站起來，但我的身體還是斜斜倒下。

「吼……」亞里斯多德厭煩地看著我，低吼著。

我深呼吸，爬了起來，鼻血淅哩嘩啦。

「你很強喔，我老闆一定很欣賞你，不過現在幫個忙，變身攻擊我吧。」我擦掉鼻血，再度衝上前大叫：「不然我只好一直打到你變身為止！」

亞里斯多德再度暴起，但這次我已有防備，一個假動作騙得亞里斯多德往左，然後一個大挪步，加上「血腥五重奏」的高速左右拳連擊，將亞里斯多德斜斜擊倒。

「嘿！」我正要說幾句話時，亞里斯多德居然側著身體撞上我，我雖然被撞飛離地，但趁機抱著牠的肚子，將牠壓在地上做流氓纏鬥。

「鐵頭功！」我用頭撞擊亞里斯多德的腦瓜子。

「吼！！」亞里斯多德毫不退讓，就這麼硬碰硬跟我敲了起來！

不料亞里斯多德的腦袋超硬，我一個目眩，亞里斯多德掙脫我的壓制，然後前爪刷刷兩聲，我的臉上頓時掛彩。

「有你的！」我一個快腿盤掃，亞里斯多德猝不及防被我掃倒，我毫不客氣朝他的肚子來一記「鑽石一擊殺」！

牠老人家吃痛跌倒，我登時感到後悔。

亞里斯多德憤怒地張開大嘴，磷光暴現，肌肉賁張的恐怖模樣有如地獄來的魔犬，我後悔毆打牠的情緒頓時轉為恐懼。

「來吧！」我在極度恐懼之中撕開破爛的衣服，風蕭蕭兮易水寒的壯士精神。

亞里斯多德的眼睛噴出青光，侏儸紀時代的牙齒更是磷光亂竄，我雖然非常恐懼，但更害怕牠老人家後悔，於是衝上前，朝牠的背上重重擊落！

「厲害！」我大叫，我的拳頭結結實實打在牠老人家的背窩，但我感覺到拳勁在瞬間就崩垮掉，果然不愧是防禦力之王！

亞里斯多德一晃，青光刺眼得讓我無從辨識牠的身形，只感覺到一股無與倫比的勁風撲面而來。

我咬緊牙關，任亞里斯多德襲上我的胸膛……黃色炸藥在我胸口炸開！

我一愣，瘋狂大哭出來。

「好……好痛……」我哀嚎，痛不欲生倒在地上，像被撒上鹽巴的蝸蝓激烈蠕動著。

萬劍穿心大概就是指這種感覺吧！

我歇斯底里地喊痛，胸前的神經好像全燒起來似的，好像有一家人在我胸口炒鐵板燒、烤肉，又好像有馬路工人在我的胸口澆上滾燙的柏油，剎那間，我有種即將死去的錯覺。

在我痛昏過去前，我虛弱的眼睛看見亞里斯多德身上的鬼火磷光迅速消失，還有「跟你說你就不聽」的鼻孔噴氣聲……

「心心姊姊，妳覺得我為什麼會被丟掉？」

「每個人到哪裡，都是被安排好的。義智沒有被丟掉。」

記得那是一個異常酷熱的秋天午后。

建漢、我、心心姊姊、可洛，在跟我們一樣高的蒲公英叢裡玩起捉迷藏，在一望無際又一望無際的蒲公英叢中，只要蹲坐在地上，抱著頭，曲著身體，想要將自己埋在世界的深處是多麼容易的事。

所以，我總是動來動去，不斷模仿奇怪動物的叫聲。

然後一下子就被當鬼的心心姊姊逮個正著，拎著我到處去抓建漢跟可洛。

心心姊姊很了解我，不先逮住我，她絕對不會先抓其他兩個。她知道我恐懼被拋棄，恐懼一個人，恐懼被遺忘在世界的深處，不管是刻意的也好，不小心的也罷。

「我是不是很難找，要不然，丟掉我的人為什麼還沒發現我？」我仰望著心心姊姊，十二歲的心心姊姊比我高了兩三個頭。

「義智那麼可愛，怎麼可能被丟掉？義智只是被偷偷藏了起來。」心心姊姊牽著我的小手，小指勾著小指，漫步在悠閒飛翔的蒲公英種子中。

「那我為什麼要被藏在這麼不好的地方？是不是把我藏起來的人不喜歡我？」

我一邊走著，一邊揉著眼睛。

「每個人被藏在哪裡，都有一個很棒的理由喔。」心心姊姊嘻嘻笑著。

「可是我不喜歡虎姑婆，嗚……」我大哭。

心心姊姊像個小媽媽似的，用袖子將我的眼淚跟鼻涕擦掉。

「義智如果有一天走了，就會發現自己被藏在這裡的理由喔。」心心姊姊也說不出那個所謂很棒的理由，她只是一股勁兒地安慰我。

然後我們發現了試圖在地上掘坑把自己埋在土裡的建漢……

「醒醒，你沒事吧？」

閃電怪客將我輕輕電醒，我摸著胸口，那令人心膽俱裂的痛楚早已離去。

「亞里斯多德的咬擊不是蓋的吧？幸好這咬擊弄不死人，只是天殺的疼啊！」閃電怪客遞給我一杯水。

我點點頭，喝了水，感激地看著賞我一擊的亞里斯多德，牠老人家正趴在一旁，任兩隻野狗幫他按摩。

我捏了捏拳頭，沒有特殊的異樣，深呼吸，也沒有特殊的感覺。

「閃電阿伯，讓我打一拳好麼？」我躍躍欲試，仍坐在地上。

「唉，算了吧，這種機會小得可憐。」閃電怪客伸出手掌。

我輕輕在閃電怪客的掌心打了一拳，閃電怪客搖搖頭。

「沒感覺？沒有錐心刺骨的疼痛感？」我問。

「完全沒感覺啊。」

我再用力打了一拳，閃電怪客依然搖搖頭。

「大概是咬得不夠多下吧？」我怒火攻心，拍拍屁股站了起來，對亞里斯多德撂下挑戰書：「笨狗！我們再來打一場吧！」

亞里斯多德也不廢話，煩躁地吠了幾聲後便朝我衝來，一人一狗再度打了起來，直到三分鐘後，亞里斯多德被我死纏爛打的很無奈，變身後一秒就將我咬昏過去。

最後整個晚上，我就在醒醒睡睡中度過，一共七次的痛徹心扉。但我什麼力量都沒有得到，倒是一身富麗堂皇的傷口十分有魄力。

但我緊緊記住閃電怪客的諄諄告誡，超能力不是僥倖可以得到的。

而是要「非常非常的僥倖」。

所以我隔天早上就去山下買幾個好吃的大便當給亞里斯多德吃，然後嬉皮笑臉地繼續邀戰。

亞里斯多德大概也想證明什麼吧，牠總是拖到最後一刻才變身將我擊倒，導致我的超人之路不僅痛苦，而且又累又漫長。

我也想過亞里斯多德是不是一隻喜歡打架的狗？在這座山裡完全沒有敵手的牠，好不容易遇到一個敢跟他打架的人，自然是要好好打上幾次的了，但牠總是一臉的無奈間又煩躁的模樣，把我當作小鬼教訓似的。

在下山前的每一個晚上，我跟亞里斯多德狠狠打了十二天的架，而我身上的傷口全靠閃電怪客用電讓它們快速結痂，好讓我得以繼續跟亞里斯多德嚣戰，而我的身體也漸漸適應亞里斯多德變身後的攻擊，有時候我甚至可以撐到第三次的咬擊才壯烈地昏倒。

而亞里斯多德牠老人家也越戰越猛，我明顯感覺到牠的撲擊速度增加許多，對我虛晃一招的假動作也很少上當，甚至還會用假動作引誘我，然後側身飛轉將我轟倒在地上。

這或許就是傳說中的教學相長吧。

「在我成為新的超人之前，我還會一直跟你戰鬥下去。」我揮揮手，背起行李站在門口。

「吼～～～」亞里斯多德驕傲地看著我。

後天就是我跟那個忘記名字的天才新人比賽的日子。我必須給心心姊姊新的票，讓她看看我絕不閃躲的勇猛姿態。

「祝你勝利啊！」閃電怪客笑笑。

「你不來看嗎？我送你票啊！」我臨走前說。

「不了，要是心心那個超人男友也去了，我會怪難為情的。」閃電怪客推辭：「過氣的老傢伙最怕給後輩認了出來。」

我也不勉強，跟閃電怪客抱抱道別後，就這麼帶著一身亂七八糟的傷，踏上下一個征途。

161 打噴嚏

A choo!

第八章　與人魚在深海搏鬥

下山後，我回到那間空空盪盪連個電冰箱都沒有的破爛小屋，倦怠地躺在床上聽廣播，不多久，剛剛從警校操練一天回來的建漢也回家了，他看起來十分疲憊，想來要當個警察也不是件容易的事。

「兩個禮拜不見，你從閃電老伯那邊偷學了什麼招式啊？不過先跟你說了，後天我要去警校上課，恐怕沒法子去看你的比賽。」建漢打個呵欠。

「在山上，我可是跟亞里斯多德打了六十多場硬架啊。」我脫掉上衣，展示亞里斯多德留在我身上的恐怖印記。

我跟建漢說了閃電怪客跟全世界超人之所以成為超人的祕密，也說了我想藉亞里斯多德的磷光攻擊使自己的身體產生異變，變成一個了不起的超人等等。

建漢聽了我的話，只是哈哈大笑，胡亂鼓勵一番就躺在床上翻來翻去了，真是個隨便的傢伙。

我打了電話，邀請心心姊姊再來看我的比賽，心心姊姊遙遙打了個噴嚏後欣然接受，還囑咐我不可以再被打昏，因為她剛剛領到家教的薪水，想在比賽後約我一起去電器行挑個小電視或小冰箱送我們當禮物，她聽建漢說過我們的破屋子除了發臭的衣服外什麼都沒有。

「另外，我會帶剪刀過去。」心心姊姊在話筒的另一端笑著。

「遵命，我會乖乖在選手休息室等妳。」我摸著還是一團亂的怪異髮型。

「上次可洛做的義智必勝的看板還留在我這裡，我也會一起帶去喔！」心心說：「這樣你就比較容易找到我了，不用東張西望。」

「謝啦，不過……不過妳會不會覺得我一直叫妳來看拳擊比賽，很不刺激，很像小孩子扮家家酒，很浪費時間？」我心裡揣揣。

「笨蛋你在胡說八道什麼，站在擂台上的你神氣得緊啊！」心心說完，卻自顧自笑了起來，我想不管我站在哪裡，在她的眼中我依然是那個害她過敏打噴嚏的小鬼。

跟心心姊姊又聊了一陣後，我掛掉電話，期待著比賽早點來臨，打贏了有四萬，就算打輸了也有一萬元，我也想買個禮物送給心心姊姊。

「對了建漢，你覺得心心姊姊有缺什麼嗎？」我問，建漢除了鼾聲之外沒有別的回答。

死豬，欠缺愛的力量的人就是這個模樣。

我站了起來，想惡作劇地朝建漢的臉上滴口水，但我靠近建漢的破床時，發現被建漢睡歪的枕頭露出幾張信紙，我一眼就看出信紙上的筆跡不是心心姊姊的。

我好奇地蹲下，偷偷摸摸地端詳了一下。

「哈！」我用力朝建漢的屁股摔了一巴掌，建漢猛然驚醒。

「你這混蛋居然開始跟可洛通信！」我大笑，拿著五、六張信紙揮舞著。

「拜託！是她先寄給我的好不好！」建漢伸手想搶信紙，大叫：「而且她一個人在孤兒院很慘好不好，你這個沒有同情心的惡魔！」

我摔回床上，大笑：「你該不會是想追可洛吧！開・始・通・信・了・喔！」然後開始看信。

建漢窘迫地說：「你大頭啦，我只是想讓可洛不要那麼無聊而已。」然後衝上前將信紙搶走。

我聞了聞手指，讚道：「信紙好香啊，果然有鬼！」

建漢漲紅著臉，說：「現在哪一種信紙沒有撒香水？隨便買都香得要命。」然後一拳砸下，被我輕易地接住。

「警校生的拳頭遜暴了！」我故意說道，容許建漢將話題轉開。

「是嗎！讓我看看一敗零勝的職業拳手的娘娘腔拳頭！」建漢邀戰，臉色依舊紅的不得了。

下山後的一晚便在打打鬧鬧的情緒中度過。

凌亂，充滿藥水味的選手休息室。

「好久不見啦！一看你身上的傷疤就知道你跟老虎特訓過吼！厲害厲害，居然可以找到老虎練習！」布魯斯胡亂捏著我身上的肉後，就打算走出選手休息室到外邊看別人比賽。

「喂，老闆，你今天也是選手吧？教幾拳瞧瞧？」我笑著，坐在板凳上。

「好啊！」布魯斯爽快地說，左拳自下而上呼嘯擊出，天花板上的吊燈被拳風一帶，微微晃動。

「這一拳沒什麼招式啊？」我故意說。

「可是被打到就糟糕啦！哈哈哈哈！」布魯斯拍拍我的頭，走出選手休息室，留下我一個人專心等心心姊姊幫我剪一個戰鬥專用的髮型。

時間一分一秒過去，場外的比賽已經接近尾聲，我從這裡就可以聽見因為喜愛的拳手遭到判定輸引起的觀眾嘆息聲，還有數百人齊一踱地的戰魂聲。

但心心姊姊遲遲沒有出現。

我看著鏡子，甩甩垂在前額的頭髮。

「有事耽擱了嗎？」我躺在長板凳上，翹著二郎腿。

我爬起，侷促不安地走來走去，肌肉相當緊繃。

「如果沒時間剪頭髮也沒關係，但至少來打個招呼吧？」我坐立難安，隨便揮了幾個空拳，竟發現身上大汗淋漓。

我強迫自己調勻呼吸，暫時不去想心心姊姊跟剪頭髮的事，提醒自己今天的比賽很重要、很艱難，畢竟對手是個十勝零敗十KO的黃金新人。

「宮本雷葬，日本九州人，一百七十八公分，體重八十四，肺活量驚人，有『人魚』的外號，擅長三分鐘無呼吸雙拳不間斷連擊，好長的名稱……」我看著牆壁上的選手資料，慢慢唸著我早就知道的資訊：「平均KO對手的時間是一點五回合……哇，會不會太誇張？他的對手都是沙包嗎？」

我隨便埋怨著，但其實我根本無心了解對手，心裡鬱悶犯慌。

「心心姊姊怎麼還不來？難道是想坐在觀眾席給我一個驚喜嗎？」我嘗試鎮定，用拳套拍拍自己的腦袋。

我深呼吸，身體輕輕跳躍著，想藉此抖落無形的壓力似的。

休息室的門打開，上一場比賽的選手在眾人的攙扶下走進，布魯斯擠過人群招呼著：「小子，該你上場啦！」

我心不在焉，說：「可以晚幾分鐘嗎？」

布魯斯瞪大眼睛，巨大的手掌抓著我的腦瓜子，說：「靠，小子你該不會是怕了吧？我又沒叫你打贏這條不用呼吸的鯊，你慌個什麼勁？」

我茫然：「心心姊姊，就是上次那個理髮師，她還沒到。」

布魯斯一把將我扛起，一邊拍打著我的屁股，一邊走向擂台，嘴裡說道：「靠，男人打架女人攪和個什麼勁，老闆我不是特地交代過比賽前不可以打砲嗎！臭小子，咱師徒倆一前一後上陣啦！」

說著說著，我垂在布魯斯的背上一晃一晃，穿過狹小的走道來到擂台邊，主持人正介紹著號稱有史以來最恐怖的新人王。

「各位先生女士！不懂得什麼叫失敗的超級新星，鯊魚級拳壇的希望，即將寫下新一頁歷史的未來拳王！宮～～～本～～～雷～～～葬～～～」主持人用興奮發抖的口吻叫道。

全場暗了下來，聚光燈投注在擂台上，一個胸肌奇大，腹肌像岩石一樣的男子站立在燈光中間，藍色的拳套、藍色的褲子、藍色的鞋子，統統是我最討厭的顏色。

「地上最強！我本人！」宮本雷葬大吼，左手旋臂響應觀眾極為熱烈的掌聲，他兩隻眼睛向外凸起，嘴唇很厚，果然是條陸行人魚。

燈光滅掉。

主持人陰沉的口吻慢慢說道：「今晚人魚的飼料是哪位？歐～～～～嘔吐小子王義智！號稱絕不閃躲任何拳頭的笨蛋新人！今晚即將面臨最殘酷的三分鐘無呼吸連擊！」

布魯斯將我丟上擂台，聚光燈差點叫我睜不開眼，但我仍慌張地看著黑壓壓的觀眾席，想尋找心心姊姊的蹤影。

觀眾的反應超級熱烈，大笑跟諷刺的聲音此起彼落。

「那個吐在王凱牙臉上的小鬼！今天可別太早趴下去啊！」

「喂！嘔吐小子你在看哪裡！哈哈哈哈！」

「加油啊！今天也不能被人魚的拳頭嚇著啊！」

「嘔吐小子！你身上的傷勢是怎麼一回事啊！聽說是在浴室滑了一跤呢！你比賽時可別心不在焉啊哈哈哈哈！」

聚光燈消失，全場燈光打開，裁判走到擂台中間。

「小夥子！」裁判嚴厲的聲音。

「啊？」我東張西望著。

「回過神來！我要宣佈比賽開始了！」裁判警告我。

我勉強收神，這才近距離看清楚宮本雷葬極具威脅感的身形，他的胸膛宛如藏著兩枚氧氣筒般高高凸起，難怪可以連續三分鐘不喘不怠地亂拳攻擊。

「小鬼！我押了十萬塊在自己身上，賭你撐不過第一回合！」宮本雷葬慢慢說道，聲音中氣十足，透過擂台四周的高感應麥克風傳到全場，引起一陣掌聲。

「等一下。」我愕然打斷比賽即將開始的節奏，忍不住又看了看觀眾席，全場嘩然，然後又是一陣大笑。

裁判動怒，一揮手，比賽開始！

宮本雷葬深深吸了一口氣，兩邊胸膛像吹氣球般鼓漲起來，原本就比我高三公分，重十多公斤的雷葬看起來更加巨大了。

「來吧！」

雷葬一個箭步衝前，我有種用放大鏡端詳雷葬的錯覺。

「護住臉！低下！」布魯斯大吼，我猛然驚醒。

轟！轟！轟！轟！轟！轟！轟！轟！轟！轟！轟！轟！轟！轟！

好驚人的亂拳連擊！

我舉起拳套依言護住臉孔，將身子盡量彎曲，減少挨打的面積。

但「人魚」雷葬的無呼吸連擊像散彈槍一樣從四面八方襲來，試圖突破我的防禦鑽進肌肉裡，我根本沒法子張開我的雙手，也沒有良好的視線看到前方。

轟！轟！轟！轟！轟！轟！轟！轟！轟！轟！轟！轟！轟！轟！

好可怕，這些快拳儘管凌亂，但每一拳都好重，像小鉛球一樣，我只要稍微鬆懈肌肉，立刻就會往後震開似的。

「可惡！」我暗道，再這樣下去，我的雙手一定會在半分鐘內完全痲痹，然後上半身就處於毫無防備的挨打狀態。

緊接著，比賽就會在兩秒內結束。

「好啊！雷葬！就快要突破這笨蛋的防禦了！」雷葬的教練在繩邊大吼著，觀眾也鼓譟著。

媽的狗屎！要突破我的防禦？

不可能！

「你了不起！我本來就不打算防禦！」我發狂，兩手鬆開，右手往後一拉，全身跳進雷葬的狂拳暴風！

碰！

我倒在擂台上，看著刺眼的燈光旋轉著、旋轉著。

「一！」裁判的聲音。

布魯斯雙手猛拍擂台，我迷迷糊糊地看著他。

「二！」裁判原來是在倒數！

「快起來！」布魯斯大吼：「睡眠不足回家再睡！現在好好像個男人衝上去！」

我顫顫巍巍站了起來，心裡覺得有些異樣。

「還能打嗎？」裁判看著我的眼睛做確認。

「廢話，那種爛拳頭砸在我肉上，根本就是在我身上打噴嚏而已。」我說，調整呼吸，準備等一下第一時間衝上前，跟這條該死的鰲決一勝負。

我的話透過麥克風傳出，全場大笑。

「小子！別太狂妄！」雷葬推開裁判，夾帶著狂風暴雨向我襲來。

「去你的！」我心情很差很差，用壯士斷腕的精神迎上前，然後兩條腿狠狠紮在擂台上。

轟！轟！轟！轟！轟！轟！轟！轟！轟！轟！轟！轟！轟！轟！轟！

「你他媽亂打！」我憤怒，臉上、胸口挨了好幾拳，身體居然不由自主的往後……被一連串的攻擊推到了繩索上！

我幾乎睜不開眼睛，勉強使勁往前亂揮了幾拳，但雷葬的揮拳速度太快，我的拳頭全都被他的快拳架開落空，我咬著牙，身體彎曲到了極限，身後的繩索緊繃到好像隨時都會被扯斷似的。沒想到雷葬的無呼吸連打累積的衝擊力竟如此驚人。

等等。

如此驚人？

「可是我還沒昏倒！」我大吼，在觀眾一陣驚呼中，我左拳擋在浮腫的眼睛前，勉強擁有一點視線，右勾拳揮出！

雷葬堅硬的下巴承受住我這一拳，完全沒有受到影響，他仍然堅守他千篇一律的無敵招式，沒有間隙，沒有固定方向的連續快拳持續向我炸來。

嘔！

我腹部一陣絞痛，雷葬的拳連續幾記打在我的肚子上，我的雙腳差點抓不住地面，鞋子發出吱吱的地板磨損聲。

「可惡！」我不顧再度昏倒的危險往前邁進，如果再挨打下去，我就算不被擊倒，我的身體也會往後飛出去。

我學著雷葬的無呼吸連打往前不斷亂揮，儘管我的拳速跟不上雷葬，但他也無暇將我每一拳都架開來，於是我倆便在繩索邊演出實力不對等的互毆。

觀眾的情緒沸騰，因為我的的確確不往旁邊閃開雷葬的拳頭，而選擇了硬幹，他們就是喜歡這種沒腦筋的打法。

而雷葬的表情也有些迷惑，他不懂，我怎麼沒有被他的連續擊打轟垮？

「中！」我在連續密集的小拳中，找出縫隙揮出超人姿勢的右勾拳！

雷葬一驚，往旁邊一挪，避開我豁盡全力的一拳。

無呼吸連打愕然終止！

全場寂然，然後在下一秒爆出響徹雲霄的掌聲！

「混帳啊！」雷葬怒不可遏，深深吸了一口氣又要上前。

我的眼睛被打得超腫，視線有些模糊，但仍心情惡劣地往前邁步，朝雷葬的肚子揮出華麗的招式「血腥五重奏」。

雷葬身子一滑，避開了我的拳頭，正要施展他的無呼吸連打時，觀眾竟不滿地鼓譟起來，紛紛大吼「雷葬不要閃！」、「跟他對轟啊！」、「別逃！沒種！算什麼黃金新人！」

雷葬臉色窘迫，腳步有些遲疑，我逮住機會朝他的胸口轟上「鑽石一擊殺」，雷葬只好應觀眾要求硬挺了這一拳！

「別動！」我發狂，羚羊拳補上，雷葬的下巴晃動，但仍堅強地挺住，不愧是黃金新人。

我這兩拳大大削減了雷葬的節奏感，而雷葬最強大的武器，就是用無呼吸連打徹底強迫對手接受他蠻橫的節奏，在對方毫無回手之力後迅速崩塌對方。

但我用瘋狂無畏的氣勢帶動了觀眾的情緒，扭轉了這個大劣勢。

雷葬有一拳沒一拳跟我招呼著，他的表情極為猙獰、極不甘願。

「憋氣啊！人魚！」我憤怒大叫，但我的憤怒來自於徬徨無措，來自一股想哭泣的衝動。

觀眾興奮極了，每個人都猛力踩著地板，聲音震耳欲聾。

轟！

我的拳頭塞進雷葬的鼻子裡，鼻血眩然飛濺在半空中。

轟！

雷葬的拳頭印在我的肚子上，我一邊嘔吐一邊勉力撐住雙腳。

「噹！」

鈴聲響起，第一回合結束。

我坐在選手休息座上，全身發燙。

這是我職業生涯中的第一次第二回合。

「幹得好！你真有娛樂天分！」布魯斯興高采烈地幫我冰敷，我全身上下都青腫起來。

我焦急地看著觀眾席，但完全找不到心心姊姊跟那一張顯眼的加油海報，靜下心來也聽不見任何熟悉的叫喊聲。

「靠，你也真能撐，這種要命的連續攻擊其他選手早就掛了，光防禦就耗盡所有的心神了！」布魯斯一邊冰敷一邊嘖嘖稱奇，說：「不過你玩夠後不妨倒下算啦！小心這些新的腫傷惡化你之前的傷口，我可不是要你賣命。」

我一愣。

對啊，原來是這麼一回事。

「我可是跟一隻咬人超痛的狗打過六十幾次架，嘗過真正的『痛』，這些拳頭如果真能教我昏過去，那才真是奇了。」我說，眼睛還是惶恐地盯著觀眾席。

心心姊姊不是那麼健忘的人，該不會是在路上出事了吧？

萬一，萬一心心姊姊又遇到了暴徒劫持，這該如何是好！宇軒來得及救她嗎？

萬一，心心姊姊出了車禍？

萬一……

「噹！」第二回合開戰鈴聲響起。

「留神！別太勉強！」布魯斯拍了我的臉頰一下，將我推了出去。

雷葬早就吸飽了氣，忿忿地向我衝來！

轟！轟！轟！轟！轟！轟！轟！轟！轟！轟！轟！轟！轟！轟！轟！轟！

我埋在如雷爆響的毆擊聲中，心裡掛念的卻不是如何往前進攻。

漸漸的，雷葬流星雨般墜落的快拳已化為單純的狀聲詞，我開始視而不見，痛而不覺，只是一味地彎曲身體，雙腳緊緊抓住地板，用拳套擋在臉前，眼睛飄忽不定地找尋心心姊姊的蹤跡。

沒有、沒有、沒有、沒有、沒有、沒有……

我像走進深深的大海裡，一望無際的狀聲詞將我淹沒，有時是要命的寂靜，有時是鬼哭神號的轟炸。

更像在童年中那片鵝黃蒲公英山坡上，厭惡捉迷藏的我，急著亂動、急著發出聲音，急著想被心心姊姊找到。

但心心姊姊不見了。

她找不到我了嗎？

她看不見被埋在狂風暴雨中的我嗎？

我很難找嗎？

我的背部綁著橡膠繩索，那觸感很糟糕，我居然被這隻鯊給藏了起來。

難怪心心姊姊找不到我。

「走開！」我哭著，左腳前踏，右拳擊出，然後是右腳前踏，左拳擊出。

一步一擊，一擊一前，我在毫無喘息空間的致命拳雨中哭著前進。

雷葬的臉色有些泛白，他的拳頭比起上一回合虛弱不少，畢竟他沒有打過這麼長的比賽，無呼吸連打的本事終於也瀕臨極限。

「心心姊姊在不在！」我哭著，左拳架開雷葬有些僵硬的右拳，然後踏步，然後將右拳擊在雷葬的肋骨上。

雷葬居然開始後退，被我慢慢逼到擂台中央，我的拳頭彈在他有如橡皮輪胎厚實的胸膛上，鑿在比岩石堅硬的腹肌上，但他終究被一個傷痕累累、陰魂不散的大哭小鬼逼退。

全場觀眾莫不大感意外，尤其對我一邊哭一邊戰鬥的姿態感到不解。

「不要哭啊！你打得很好啊！」

「別哭！你非常勇敢！我們會記住你的！」

「加油！在我心中，這場比賽你已經贏了！」

「心心是誰？在不在現場啊！」

我的眼淚不斷流下，我覺得好惶恐，好渺小，為什麼我會被這些快得看不見的拳頭藏在這裡？為什麼心心姊姊還不快點找到我？

我好傷心，在擂台上號啕大哭著，雷莽難堪地站在我面前，終於，他往旁邊跳開。

「小子！你這麼怕痛就別打拳！哭哭啼啼的難看死了！」雷莽喘氣著，他畢竟跟我無冤無仇，居然把我打哭，他實在萬萬沒料到會有這種情況發生。

「心心姊姊！我在這裡！」我悲傷地揮拳，命中正在講話的雷莽，疲累的雷莽被我一拳打彎了腰，露出痛苦的表情。

全場觀眾大受感動，開始鼓掌。

我再一拳鑽進雷莽的腹部，用肝臟攻擊削掉雷莽所剩不多的耐力，雷莽耐不住，往旁閃躲掉第三拳。

我沒有追擊，只是趁機更仔細地搜尋觀眾席上熟悉的人兒，我的視線看到哪，所有觀眾的視線就跟到哪，大家都十分好奇我到底在找誰。

「小子你竟敢裝死！」雷莽逐漸緩慢的右拳遞出，我隨手架開，跟他扭抱在一起，然後近距離轟炸他的肝臟，雖然雷葬也在做一模一樣的事。

十幾秒過後，兩人都單膝跪在擂台上，神色痛楚，裁判正要衝進來讀秒。

「噹！」第二回合結束。

我累壞了，承受了大部分攻擊的雙手前臂幾乎都變成醬青色，肋骨也有輕微骨折的痛楚感，腦震盪更是不用說，我頭昏腦脹的不得了，像要炸掉。

而且無法克制哭泣。

「靠！你太有天分了！居然還會哭！把客人唬得一愣一愣的，絕對有前途！」布魯斯好像看到神一樣鬼吼鬼叫，拿起冰毛巾按住我手臂上的嚴重瘀青，後來索性拿冰塊直接按在我裂開的傷口上幫助止血。

我茫然看著前方的觀眾席，模模糊糊的，好像有十幾個很像心心姊姊的人，卻又好像不是。我想我受傷的眼睛需要休息，不然我看什麼都花花的。

雷葬氣喘如牛，在對面坐著，雙腳好像用力過度，不由自主顫抖，教練跟助手忙著幫他緩和呼吸，他一雙眼睛盯著我，好像在努力理解外星人的想法一樣。

「記住！老話一句！不能撐就算啦！你已經超水準演出了，這次氣氛炒起來，下一場比賽的價碼一定更高！」布魯斯一直說些有的沒的，我為能夠滿足他感到高興，卻又忍不住哭了出來。

「噹！」

我慢慢站了起來，用拳套比了比頭髮，希望心心姊姊如果在現場的角落也能知道我的意思。

雷葬用比剛開賽時慢了一半的速度跑過來，我隨便一揮，他立刻反射性閃開，觀眾的噓聲他也不理會，我再揮了一拳，他照樣躲開，顯然不將觀眾的喜好放在眼裡了，一切以快速求取勝利為目標。

我擦了擦眼淚，欲振乏力地亂揮拳，連呼吸都徹底錯亂了。

雷葬也好不到哪裡去，對一個從未打過第三回合的強者來說，拖拖拉拉真是一種折磨，他為了躲開我的拳頭耗費了不少體力，遞過來的拳頭也沒有當初的力道跟速度，有時我隨意將它們架開，有時我索性迎了上去，跟驚恐的雷葬抱在一塊，互相痛毆對方的腹部，直到彼此都坐在地板上為止。

蜘蛛市的職業拳賽沒有採取「兩次擊倒制」，所以我跟雷葬便將這場比賽打成嘔吐物溢散滿地的同歸於盡賽，每一回合結束，清潔工都會捏著鼻子上來拖地板，而觀眾也鼓掌叫囂表示敬意。

到後來，我受傷嚴重的兩隻手快要抬不起來了，只好保留力氣在偶然的攻擊上，不再試圖架開雷葬軟弱無力的雙拳，我倒下的次數漸漸多了起來。

終於到了第九局倒數幾秒，雷葬兩個簡單的直拳打得我沒東西好吐，慢慢垂倒前揮了一拳卻撲了個空。我躺在繩索邊，吃力地用手臂勾住繩索想要爬起來，鈴聲再度響起，比賽結束，雷葬扶著擂台邊的柱子發呆，無奈地接受九回合積分判定勝的結果，然後在助理攙扶下回到幽暗的選手通徑，結束他拳擊生命中最漫長的噩夢。

布魯斯將成了破銅爛鐵，快要報廢的我扛在肩膀上，接受觀眾起立鼓掌的光榮，布魯斯熱情宣佈我是個絕不放棄，絕不閃躲任何挑戰的鋼鐵男子，是他最驕傲也是唯一的弟子。

主持人上台，應觀眾要求問我為什麼哭，布魯斯答不出來，我也不想多做說明，只好隨意說：「我喜歡的女孩子沒有來看比賽，讓我很傷心」之類的話，觀眾更報以如雷掌聲表示感　。

然後我就在布魯斯的肩膀上睡著了。

第九章　不倒人傳奇

我坐在選手休息室，手裡拿著冰毛巾壓著受創的眼窩，打開牆上的暴風級比賽實況轉播，布魯斯依照合約在我後面出場，跟一個比他高出一個頭的大怪物打架，那大怪物擅長什麼攻擊已經不再重要，布魯斯只花了兩回合就將他直接打翻到擂台下，引起現場一陣騷。

布魯斯跳到擂台柱子上，像一隻猩猩大拍胸脯、嚎叫。

但我完全沒心思為布魯斯高興，冰敷了幾分鐘後，我只想走出沒有裝設電話的選手休息室，想辦法連絡到心心姊姊。

我一拐一拐走到門口，打開門，卻看見鎂光燈此起彼落，一群體育記者擠在門口搶拍我疲倦的表情和傷痕累累的身軀，我被強烈的鎂光燈閃得睜不開眼睛，還被採訪的人群推回了休息室。

「這位王義智先生！你現在的戰績是兩敗零勝！但你現在已經成為眾所矚目的焦點了，請問你有什麼感想！」一個梳著油頭的記者開心地遞上麥克風。

我突然很困惑，兩敗零勝有什麼屁好放的？這些人是專程來糗我的嗎？

「王先生！你對付人魚宮本雷葬的策略是事先擬好的戰術嗎？」一個頭髮燙成大波浪兼又大臉的女記者問道。

我搖搖頭，想要起身離去，卻發現自己已經被團團包圍住。

「好不容易跟宮本雷葬纏鬥到第九回合卻遭到判定敗，請問你會感到遺憾嗎？」一個平頭記者用麥克風敲著我的腦袋，非要我回答不可。

「不會，那隻鱉很厲害。」我說，看我身上的傷就知道他有多恐怖，況且我的心思從不在場上。

扛著攝影機的記者大聲問道：「請問你為什麼連續兩場都不閃躲對方的攻擊？是一種心理策略嗎？還是避不開乾脆不躲？」

我無奈地說：「真抱歉我不會娘娘腔的打法。」真想一走了之。

記者間一片嘩然，個個非常興奮地將我說的爛話寫進手上的筆記本或ＰＤＡ中。

「有什麼話想對下一場比賽的對手說？」大波浪大臉女記者尖聲說道。

「下一場？我都不知道是什麼時候。」我不解。

「哈哈哈哈哈！」

突然一個高大的身影擠過記者，正是剛剛下場的布魯斯，他的上半身還赤裸著。

「我徒弟下一場的對手剛剛決定了，就是戰績二十二勝兩敗，外號人肉坦克的範馬傑克！」布魯斯拍拍我的頭，我的頭都快痛死了。

布魯斯知道我想逃跑，於是用眼神示意我離去，由他來幫我應付這一群煩死人亂發問的記者，我趕緊推開大家連聲抱歉走開。

我踉踉蹌蹌扶著牆壁，從競技館的後門離去，一看到停車場附近有個電話亭，就趕緊走進去拿起話筒，撥著令我擔憂的電話號碼。

「對不起，請投入硬幣。」電話語音。

我這才發現我身上根本連一枚銅板都沒有，心中發慌，只好不停毆打著電話，試圖讓它吐出幾個銅板。

「可惡！可惡！」我憤怒又著急，電話都快被我拆了下來。

突然，一個急切的腳步聲遠遠跑來，我根本就不需要回頭就聽出這腳步聲的主人。

是心心姊姊。

「對不起！哈啾！」心心姊姊喘氣，扶著電話亭看著我。

「太好了，妳沒事！」我高興不已，剎那間身體變得很沉重，支撐身體的意志力頓時鬆懈下來，累的感覺這才真正浮現。

心心姊姊的臉色疲憊，兩隻眼睛還有些許紅腫，連鼻子也紅通通的，也因為剛剛跑得很急，所以一身汗流浹背。

我推開電話亭的門，跟心心姊姊走到旁邊的護欄靠著說話，我想心心姊姊一定是跟宇軒大吵一架才來不及趕過來，這樣也很好。

「對不起，宇軒剛剛載我過來看比賽的時候，市中心的超市發生很嚴重的恐怖事件，惡名昭彰的龐克兄弟幾乎癱瘓了那區的警力，還廣播說他們打算在超市試爆電子脈衝彈。宇軒叫我在車上等他一會，然後就急急忙忙出去了，我只好一邊聽著車上的廣播，一邊緊張地祈禱……」心心姊姊整理我凌亂的頭髮，皺著眉頭檢視我臉上的傷痕。

我的喉嚨很乾澀，為什麼每次我想表現得英勇一點，宇軒就會做出更英勇十倍的事呢？

「後來呢？宇軒他沒事吧？」我問，心心姊姊一定是因為祈禱耽誤了太多時間才趕不過來。

心心姊姊眼睛溼潤，搖搖頭。

我一驚，忙問：「怎麼了？」

心心姊姊深呼吸，努力平靜下來，說：「宇軒不小心被歹徒的迷走彈薰到，背後還中了兩槍，現在人在醫院觀察。」停了一會，繼續說：「要不是月光姆奈及時出現解圍，宇軒恐怕來不及送醫院就……」

心心姊姊拍拍自己的臉，試圖振作一些，又說：「宇軒本來堅持不肯去醫院的，他說怕曝光後會讓他身邊的人遭受危險，但我連忙趕到現場後，苦苦哀求他才被抬到擔架上……」

我趕緊揉著心心姊姊的肩膀，說：「那妳還來這裡做什麼？我又不是小孩子。快點去醫院，我陪妳去！」說完攔了一台計程車，跟心心飛奔回醫院。

宇軒被除卻墨藍色的貓耳面罩，蒼白的臉孔罩著呼吸器，躺在加護病房中，一個護士坐在一旁記錄數據，兩個高大的保鏢穿著隔離衣，拳頭戴著指虎站在病床兩旁。

我跟心心姊姊在長廊上隔著巨大的玻璃看著宇軒，一個落難的城市英雄。

「宇軒的情況怎麼樣？」心心姊姊摸著玻璃，呼吸渲白了透明。

「放心，音波俠的身體非常強壯，現在只需要好好休息，很快就可以出院了。」醫生站在一旁說。

「真不愧是超人體質，完美的肌肉纖維擋下了大部分的子彈衝擊，內臟出血也已經止住了，恢復的速度比一般人快上許多。」另一個醫生推推眼鏡。

我們剛剛回到醫院時，立刻跟數百名記者和幾十台SNG採訪車被擋在醫院外，上百名荷槍實彈的警察拿著盾牌恐嚇記者別再靠近，甚至還有軍方的裝甲車一台台開進了醫院的停車場，全副武裝的軍人宣佈接管醫院，好讓受傷的音波俠能夠在最安全的情況下接受治療。

要當城市英雄，就必須隱藏自己的真正身分，如果身分不幸曝光，那些作惡多端的歹徒一定會千方百計為難英雄的家人，或甚至暗算英雄的凡人身分。

然而眾所皆知，超人英雄是一個城市最寶貴的資產，軍方跟警方都相當戒慎恐懼，於是部署了大批人力在醫院周圍和內部，以防各種情況發生，包括貪婪的媒體汲汲獵取獨家頭條照片，以及窮凶極惡的壞蛋能力者的侵入，所以女英雄偶像月光姆奈也破天荒進駐醫院的管理室，義務擔任音波俠的守護人。

我跟心心姊姊，還是靠宇軒在手術昏迷前的鄭重囑託，才被受託的警察眼尖發現，將我們塞進裝甲車裡偷偷帶進醫院。

「對了，年輕人，你好像也受傷了，要不要檢查一下？」一個醫生發現我身上大大小小的傷口。

我搖搖頭，這種建議我實在沒辦法在重傷的宇軒面前接受。

「這點傷不算什麼，我不過就是在路上打了場架。」我微笑，跟心心姊姊坐在椅子上，心心姊姊拿著宇軒的X光照片端詳，看著嵌在宇軒脊椎附近的兩枚子彈，眼淚一滴滴掉了下來。

我的心情很複雜。

一個半小時前，我在數百人的踱步狂吼聲中奮勇搏鬥的姿態，揮汗、流血、勉強睜開眼睛衝向前方；在現在看起來，只是幼稚可笑的模樣罷了。

一個半小時前，我在亂拳血雨中徬徨無措，尋找心心姊姊身影的焦切，在現在看起來，只是一個小鬼一把眼淚一把鼻涕哭喊迷路，吵著要媽媽罷了。

我的眼睛幾乎貼到了加護病房的玻璃。

宇軒現在一動也不動，手臂上懸吊著點滴，眼睛緊緊闔著，嘴唇微微蠕動的樣子，都遠比我沒有意義的擂台幹架要威風，要神氣得多。

這才是真正的英雄，活生生與險惡的命運搏鬥，比活在漫畫裡的小小方格子中的樣板人物更令人動容。

遠遠隔著玻璃，我反而將宇軒看得更清楚，將自己看得更清楚。

我嘆了一口氣。

「心心姊姊。」我說。

「嗯？」心心姊姊抬起頭來，擦掉臉上的淚水。

「宇軒哥一定沒事的，因為他有世界上最棒的天使守護著。」我認真說道。

直到現在，我才真正認輸。

宇軒怎麼看都比我帥，比我更值得天使的呵護。

「謝謝你。」心心姊姊擠出笑容，拉著我的手。

我坐了下來，跟心心姊姊手拉著手，為宇軒的康復虔誠祈禱著。

我的徹底失敗，竟是從我可敬的情敵倒地的瞬間真正確定。

有些人天生就具備贏取最珍貴的愛情的資格。

有些人註定接受悲壯的愛情，然後在倒下前試著擠出笑容。

閃電怪客說得很好，什麼事情都環環相扣在一起，英雄擁有上天安排的所有巧合，根本沒有人爭得過英雄；當英雄在城市的上空盡情作三度空間跳躍時，我只能在車水馬龍的平面中，拚命追趕虛幻的英雄世界。

後來，我跟心心姊姊就這麼一直陪在醫院裡，在祕密的ＶＩＰ病人家屬房中住了下來，直到三天後強壯的宇軒度過了危險期後，第五天我們才在軍方的嚴格把關下混在一般病人裡出院，期間只有少數幾個醫生，以及極少數的高階警官見過宇軒跟我、心心姊姊。

另一方面，音波俠因公受傷住院，這可是件不得了的大事，市民非常感激音波俠鞠躬盡瘁，報紙讀者投書中充滿對圍在醫院旁拍照的媒體的不滿，於是媒體只好摸著鼻子撤離；電視台也製作了音波俠行俠仗義特輯，每天花兩個鐘頭播放；廣播公司也錄製了音波俠大戰骷髏幫的特別劇場，許多明星搶著做聲音演出；最後連市政府也跟進，規劃了一個綠地公園。

也因為全市都知道音波俠深受重傷在這間醫院接受治療，所以花籃跟卡片像滾雪球般堆滿了宇軒整個房間，而許多警員和軍人也苦苦哀求他們的高階長官幫他們的兒子拿簽名板給宇軒，場面一度火爆（因為那些高階長官原本只拿了他們自己兒子的簽名板而且被發現），經過詢問後，脫離危險期的宇軒也慷慨應允，簽了上千張的名才下病床。

「宇軒，你可真是大紅人啊！」心心姊姊笑嘻嘻地說，完全看不出前幾天心急如焚的模樣。

「沒啦，這些人那麼辛苦保護我，我……我只是簽個名而已。」宇軒非常憨厚，被誇獎時常常不知所措。

「不！你長期保護善良的蜘蛛市市民，我們應該全體向您致敬！」一個將官一板一眼地立正站好行軍禮，弄得宇軒只好爬下病床，戰戰兢兢地回禮，我跟心心姊姊在一旁笑成了一團。

「至於我的身分……」宇軒有些難以啟齒。

「絕對沒有問題！」市長懇切地說：「我們向您保證，見過你的十八個人裡，都是能堅守承諾，知道輕重的人，保護您高貴的隱私是我們一點責任，也是榮幸。」他大概很怕宇軒的真實身分萬一曝光後，出來競選市長的話，那他就準備捲鋪蓋走路了。

「沒錯，如果您的身分還是不幸洩漏，我們市立警隊會編派特別行動組，二十四小時輪流保護你的家人。」警局局長保證。

「軍隊也隨時歡迎您加入我們！為國家服務！」軍團團長比了個大拇指。

宇軒慌張地點點頭，沒口子的道謝。

看著宇軒那副善良到不行的老實樣子，我真替心心姊姊感到高興，此生能夠遇到這麼棒的人作伴，我想，這個世界上再沒有比他們更幸福的情侶了。

至於我，跌了這麼一大跤後，一時之間沒有努力的目標，只好待在家裡繼續養傷，胡亂做一些簡單的耐力練習，或是加強一下臂力，否則我的攻擊實在太弱。

每天晚上，看見建漢經過一整天的操練，滿臉倦容回來時，我還真羨慕他早就放棄了心心姊姊，現在正朝著像樣的目標邁進，甚至還領到一套警察實習生的服裝，穿起來挺像個大人。

「所以，這次你真的不打算追心心姊姊了？」建漢手中的筆動個不停。

「嗯。我的世界只有小小的，幾呎見方的擂台，宇軒可不一樣，你如果看見那些滿山滿海的花籃和卡片，就會知道他的世界遼闊的不得了。」我閉上眼睛，回想著住在醫院時看見的情形。

「但我認識的義智，絕對不是那種，會被滿山滿海的花籃打敗的男人。」建漢抬起頭來，看著我。

我搖搖頭。

「也許不會。但我看見心心姊姊痛哭的樣子時，我就知道我再也沒有本錢爭些什麼。」我遺憾：「宇軒真的是個很好的人，心心姊姊這麼喜歡他也是理所當然。」

建漢笑了，說：「你能夠這麼想就好了，想當初我們兩個在不乖房裡，一齊發誓要娶心心姊姊當老婆的時候，你那個認真的表情還真是嚇到我了，害我心靈受創。你能夠釋懷，我就放心了。」

「沒品的人終究會失敗啊！」我大笑。

建漢也跟著笑了起來，現在回想起來，我真的相當感激建漢一直陪伴在我身旁，尤其是那段對愛情失去堅貞信仰的日子，有人在一旁大笑，比起提供一卡車的意見要珍貴得多。

「喂，告訴我，可洛到底哪裡好啊？」我問，看著一回家，還沒脫掉警察實習生制服就在床上寫信的建漢。

「你頭啦，我只是寫信給她而已，誰跟她在一起了？」建漢趴在床上寫信，因為我們連一張桌子都沒有。

「哈。」我乾笑，看著肚子上的啞鈴。

「接下來你打算做什麼？沒有心心姊姊這個大目標，你還想打拳擊證明勇氣嗎？」建漢問。

「照打啊，我也不知道怎麼回事，超期待下一場比賽的。大概是我被打笨了吧，我其實一點都不喜歡在擂台上搏鬥的感覺，卻又不知怎麼非打不可。」我承認自己沒有目標感，暫時就亂打一通吧。

而且，反正布魯斯沒心思教我打拳，我正好可以趁空檔去孤兒院後山找閃電怪客聊天，還想找亞里斯多德特訓一下，練習對疼痛、對衝擊的忍耐力，尤其是沒有嚴重傷口，沒有後遺症的磷光咬擊，正是我不被任何拳頭轟昏的重要練習。而且我也蠻喜歡跟他老人家切磋的，扭扭抱抱的過程中，竟有種我所欠缺的親近感。

「對了，你下一場比賽是什麼時候啊？不曉得我有沒有辦法去看。」建漢說，眼睛還是盯著信紙，這傢伙他媽的唬爛我，單這封信就已經連續寫了八張信紙，沒煞到可洛才有鬼！

「下個月第二個星期四，不過我話說在前頭，警校又不是孤兒院，你可別蹺課來看我打拳，萬一被記過就不妙了。」我認真囑咐：「等我以後名氣更大了，比賽應該會排在週末的黃金時段，那時候你再光明正大看我的比賽吧。」

建漢點點頭，繼續寫信。

「不過你說得很對，我應該找個更好的目標努力才行……」我故意說道：「既然你說你對可洛沒興趣，那正好，我就來追可洛吧！再過半年多可洛就會考上大學下山了，到時候跟她交往也不錯，反正大家都那麼熟了，追起來比較不費事些。」

建漢大吃一驚，抬起頭來看著我，嘴巴都快掉下來了。

「怎麼？不行嗎？」我裝出疑惑的表情，心裡快笑死了。

「你……你別來亂！你這個沒品的混蛋！」建漢跳了起來，開始跟我玩摔角。我哈哈大笑個不停，另一種心照不宣。

不過後來建漢還是蹺課去看了比賽，而且還帶著偷偷溜出孤兒院的可洛。

那是場極為慘烈的戰役。

我跟酷愛咬人犯規的範馬傑克打到第九回合，最後才由範馬傑克經由積分得到判定勝。

範馬傑克號稱人肉坦克，生平的僅兩敗都是因為故意犯規導致的下場，所以稱得上是相當恐怖的拳壇老手，我對上他，光在第一回合就倒了十二次，遙遙破了拳壇紀錄。

之所以破了拳壇紀錄，是因為從來沒有人倒地這麼多次後，還爬得起來。

範馬傑克也嚇了一大跳，心神不寧之下在第二回合被我逮到，連續中了我豁盡全力的三拳後，強壯如斯的他竟也倒地一次。

如此的惡魔劇本糾纏到第九回合，就跟我對上人魚時一樣。

「那小子是個瘋子！幫幫忙我以後不想跟這種人打了，他死也要爬起來，好像我的拳頭沒力氣似的？去！」範馬傑克在賽後記者會上這麼宣佈，我正式變成拳壇另一個怪異的傳奇。

「醫生，靠，這小子的腦袋沒問題吧？」布魯斯在賽後帶我去看醫生。

「輕微腦震盪，休息兩個月就沒事了，記得不要做劇烈運動，藥要記得吃。」

醫生看著X光照片說。

「嗯，那下一場比賽就排在三個月後吧。」我說。

醫生苦笑，他知道我們兩個是職業拳擊手。

「好啊，排強的還是排弱的給你？」布魯斯嘿嘿嘿笑，他上一場居然打輸了。

「強一點的吧，太弱的打我不倒，觀眾不喜歡看吧。」我也猜出觀眾的心態，他們就是喜歡看「不倒人義智」頑強抵抗，逆向凌遲對手的比賽。

布魯斯滿意地點點頭，他跟我絕對是最佳拍檔，因為他從未抽過我一毛錢，而我們倆卻都樂在其中。

於是我展開了「比賽、休息、跟亞里斯多德抱來抱去」的疼痛巡迴，逐漸擁有自己的一片天空，比賽的出場費也水漲船高，到了打輸五萬元，打贏三萬元的怪異境界。

三個月後，我對上以超高速拳著稱的咬人貓澤村，在拳頭電光火石飛來飛去的擂台上，我照例死撐了九回合，太靠近擂台的觀眾臉上，依然常常被噴到不明的嘔吐物。

終場，澤村打到右手脫臼，指骨嚴重裂傷，下巴脫臼兼複雜性骨折，足足休養了半年。

「那小子是魔鬼，我懷疑他得了無痛症，拳壇協會最好他媽的去查一查。」澤村摸著斷掉的下巴恨恨在記者面前說道。

據說要不是我打斷了他的下巴，讓他從此有了致命的弱點，他很可能問鼎下一屆的鯊魚級拳擊冠軍腰帶。

再兩個月後，我對上了另一個天才好手，有「華麗左拳之舞」之稱的葉碩，他的拳質雖然不重，但技巧圓熟，動作簡潔優雅，我艱苦地撐了六局後才第一次打到他的腹部，當時觀眾全部瘋狂地站起來，看著葉碩的臉被我一拳砸了下去後，觀眾更是用超高速讀秒干擾裁判。

不過最後還是葉碩以大量的積分贏了比賽。我沒有放水，我每一場比賽都盡力打倒對手，也因此我才能一次又一次爬起來。

「他是天才扼殺者。」葉碩正經八百地發表公開聲明：「跟他打拳完全得不到進步，甚至還有退步的危險。我拒絕再跟他競賽，那是一種摧殘天才的酷刑。」

第八個月，我同不信邪的拳壇老拳皮，號稱「滿貫金鷹」的星芒，打了一場同樣經典的比賽。

因為這不是一個拳擊故事，所以我只能簡單地說，星芒他打得很痛苦，甚至在一次激烈的扭抱中跟我偷偷咬耳朵，哀求我別再爬起來了，他願意把出場費的一半給我。但我只是趁機給他一記肝臟爆破攻擊。

比賽同樣在第九回合結束，星芒在助手的攙扶下虛弱地舉起手臂，贏得他生平第一場判定勝，我則是累到靠在柱子上睡覺，最後才被觀眾的歡呼聲震醒。

「我嚴重懷疑這小子是不是吃了什麼藥，要不然，他怎麼可能中了我享譽天下的滿貫右拳還爬得起來？」星芒非常憤怒地拍著麥克風。

但他從來沒想過，我可是被他像移動鋼筋一樣的可怕右拳打得哇哇叫，看見額頭上血流如注的時候，我差點就有閃開下一拳的衝動。

但我沒有。

因為我是不倒人義智。

雙腳抓緊地板是我賴以存活的唯一優點。

歸根究柢，他們的拳頭再怎麼悍，都沒有亞里斯多德變身後的磷光咬擊一成厲害。

我已經練就出一股狠勁，或說是異於常人的忍耐力。

雖然我自始至終都沒有突變成「刺痛人」或「不痛人」，但我可以擋住亞里斯多德連續四次咬擊才昏倒，這可是我立足拳壇，場場打到第九回合的原因。

我一看見趴在廢棄鐵工廠外曬太陽的亞里斯多德，就將行李丟在一旁，擺出架式。

「再來吧！」

閃電怪客坐在樹上發笑，他非常高興我又上山練拳了。

「哼。」亞里斯多德驕傲地繞著我旋轉，然後化為一道青色的奔馳綠光。

一分鐘過後，我終於口吐白沫昏倒。

第十章　住在電話亭裡的那晚

「你打拳，也打了快一年了吧？」

閃電怪客跟我生火烤魚，火光映在他滿是皺紋的臉上。夜了，在鐵工廠外雜草叢生的廣場烤肉，看著灑滿星光的夜空喝酒，真是難得的享受。

「是啊，戰績是六敗零勝，但我蠻受歡迎的，畢竟這是我的特色。」我有些得意。畢竟我的對手都是狠角色，沒有一場比賽不受矚目，我越是屹立不倒，觀眾就越是著迷。

閃電怪客拍拍亞里斯多德的頸子，說：「你要謝謝牠，牠可是挨了你不少打啊！」

我大笑，將最肥的烤魚遞給亞里斯多德，牠咧開大嘴一口吃了。

亞里斯多德還是經常朝著我的臉，用鼻孔輕蔑的噴氣，不過我可以感受到牠其實沒有惡意，只是一種無聊的挑釁罷了。或者，還有一點象徵性的尊嚴。

「建漢呢？他上次放假跟你上山來，好像有兩個多月了吧？」閃電怪客喝著小米酒，也給了我一杯。

其實是三個月整。

「嗯啊，前一陣子可洛出獄了，現在正念護專，而建漢也開始到刑事局當差了，現在是個小警察，剛剛配到槍的時候他簡直樂歪了。然後啊，他們倆劈哩趴啦糊裡糊塗就這麼在一起了，整天瞎忙約會。」我發笑：「完全忘記我還在長期失戀中呢！」

閃電怪客很替他的英雄迷高興，跟我乾了一杯，亞里斯多德在一旁瞪著我們，臉色不善，我只好也替牠斟了一碗小米酒，牠一下子就喝光光。

「那心心呢？最近還是常常一起吃飯嗎？」閃電怪客拿出捲菸，手指放電燃火，抽了起來。

煙圈零零碎碎。

「嗯，心心大學畢業了，本來跟宇軒在同一家公司上班，但上個月心心決定回到綏葦孤兒院當幾年老師，回饋一下。」我接過捲菸，抽了一口。

好嗆，我將捲菸直接捏碎，看著閃電怪客：「閃電阿伯，這菸好難抽，你也別抽了。」

閃電怪客這一年多來經常腰痠背痛，還常常咳嗽，身體大不如前，我想帶他去看醫生，他卻老推三阻四，跟一般的老頭一樣。

「胡說八道。」閃電怪客翹起二郎腿，輕輕拍著黑黑的腳底唱歌，那曲子我很熟悉，是老電影「閃電怪客大戰雙頭畸形魔」的主題曲。

我躺在亞里斯多德的肚子上，雙手跟著閃電怪客打節拍，陪他緬懷過去的光榮歲月，也許在他死後，我應該為他辦一個老英雄迷追思大會之類的，他地下有知一定很高興。

我看著星星。

人很奇怪，看著滿天星斗時最容易胡思亂想，思緒跟著不規則的星座圖案到處亂跑，偶而一顆流星劃過，一恍惚，原來正在想的事情通通忘光，然後又開始想東想西。

心心姊姊跟我並沒有疏遠，我們沒有疏遠的理由。

儘管我承認失敗，承認我們永遠都會是姊姊與弟弟的關係，但我抹殺不了心中對心心姊姊的依賴，還有，愛。

這一點，我至少對自己很誠實，善解人意的心心姊姊也心知肚明。

有時候我們兩人一起逛街吃飯，心心姊姊常常有意無意提起一些女孩子，說她們好像都很不錯，各有各的迷人特色。為了不讓心心姊姊想太多，我每次都照單全收，只要時間允許，我會抽空跟她介紹的女孩子約會，但我終究提不起勁發展更深刻的關係。

有時候我會想，這是不是孤兒的偏執？

我很難跟原本不認識的人熟絡起來，或許是缺乏安全感，或許我有戀姐情節，或許我的心還太小，跟這個廣闊的世界還無法接合得很好。

或許是我太愛心心姊姊了。

也或許我在承認失敗的背後，還在等待著什麼？

「閃電阿伯，現在的你，有在等著什麼嗎？」

我問，亞里斯多德的肚子好硬，牠還不習慣給我當枕頭。以前人類對牠做的事太殘忍了，牠只有硬起肚子折磨一下我。

「等？」閃電怪客摸摸頭，隨口說道：「等死吧？以前年輕的時候，總是等著看自己的電影，等著看最新的英雄漫畫裡是不是用我當主角，等著看最新一期的超人評鑑雜誌有沒有把我升等，哈，現在老囉！要不就是等你上山找我解解悶，要不，就是等死啊！」

閃電怪客說得輕鬆，但他也同樣面臨不知所措的現在。

「你呢？還像個無頭蒼蠅嗎？不過至少你還可以等待下一場比賽，老頭子的比賽早就通通結束囉！」閃電怪客同情地看著我。

我看著星光。

那時我也看著星光。

「不知道，我真的不知道。」我說，星光讓我迷惑。

「小子，想不想試試看不一樣的比賽？」

布魯斯打完比賽後，鼻青臉腫，澡也不洗，就跟我去音波俠公園附近吃鐵板燒，他的臉上胡亂貼滿了ＯＫ繃跟藥布，夾起大塊肉放在我的碗裡。

「好啊，說來聽聽。」我小心翼翼嚼著肉，剛剛在布魯斯之前我也打了一場艱苦的比賽，嘴巴裡有顆臼齒搖搖欲墜。

我們是常客了，鐵板師傅特別將肉炒得軟些，還特意多給了兩倍的豆芽菜。

「我們合作也快一年半了吧？」布魯斯今天特別反常，居然不直接進入主題。

「超過了，一年又七個月。」我說。這一年又七個月以來，我的身體比剛剛踏上擂台時要強壯太多，倒下的次數也越來越少。

雖然我現在的戰績是慘烈的十一敗零勝，要是一般的選手，早就被觀眾跟協會宣判終生出局了。但我不一樣，我總是以卵擊石，所以我只要演出「死都不倒，倒了也要爬起」的戲碼，觀眾就會瘋狂支持我。

布魯斯也知道這一點，所以他幫我安排的對手個個都是一流好手，一個比一個強悍，所以我的形象也越來越悲壯。

「如果你現在跟王凱牙再打一場，你覺得……」布魯斯話還沒說完，我就打斷。

「我不想跟他打。」我拒絕。

「為什麼？」布魯斯並沒有不高興的樣子，反而笑嘻嘻地看著我。

「我會贏吧。」我放下筷子，看著粗糙的右手掌，說：「不是我在臭屁，雖然我一直輸，不過我越來越強了，要是現在跟王凱牙打起來，我大概可以在第五回合解決掉他。這樣不是很無趣嗎？觀眾不愛看。」

布魯斯哈哈大笑，說：「靠，說得好，觀眾不愛看的比賽打個屁？不如去街上幹架還比較痛快！」

我不明就裡，說：「老闆，你不是要我跟王凱牙打？」

布魯斯猛力拍著我的背，我差點將剛剛吃進肚子裡的東西吐了出來，布魯斯笑著說：「誰要你跟王凱牙那根廢柴打？我只是問你有沒有把握打贏他。」

我點點頭，好無聊。

「那條變種魚宮本雷葬呢？」布魯斯幫我斟了杯可樂。

「跟他打不止痛，還很累，還記得我打到哭出來嗎？不過他拳頭的力氣比起範馬傑克，簡直就是殘廢。」我想了想，說：「應該會贏吧？至少沒有會輸的感覺，有五成機會可以在七回合逮到他，讓他爬不起來。」

「有信心喔！」布魯斯看起來很樂。

「還好啦，倒是你自己，最近蠻遜的。」我小小嘲笑了一下布魯斯。

「那範馬傑克呢？」布魯斯還是繼續追問。

「那隻怪物後來的比賽越來越兇了，不過我現在的腹肌比以前厚了兩倍，嘿，也沒那麼容易被打趴。」我有些自豪，拉開衣服秀秀我常常遭到亞里斯多德咬擊的肚子，八塊肌菱角分明。

「所以呢？」布魯斯看我的眼神頗有興味。

「我還是會輸吧？」我承認，繼續說道：「要不是我的攻擊力不顯眼，我死不倒下既然是確定的事實，範馬傑克輸掉比賽的機會就大些。我以後會加強我的臂力啦。」

這時電動門打開，我跟布魯斯下意識回頭一看，原來是早就約好在比賽後一起吃飯的建漢跟可洛。

「老闆，一份大丁骨，一份明蝦！」建漢爽朗地說，拉開椅子坐在我旁邊，可洛蹦蹦跳跳跑去盛飲料。

建漢穿著警察制服，他前幾天剛剛升職，一副神氣活現的樣子。

「剛剛那場又打輸了吧？」建漢哈哈一笑，說：「你跟鬍子大叔在聊什麼？聊下一場比賽的對手嗎？」

「是啊！」布魯斯呵呵奸笑，說：「我昨天比賽前，接到協會寄給我這個小徒弟的挑戰書，猜猜是誰？是現任的鯊魚級拳王，超級金童貝克勇次郎！」

我嚇了一大跳，手中的碗差點拿不穩，建漢也發出驚呼聲。

「什麼事我也要聽！」可洛拿著兩杯飲料高興地問。

「這混蛋要挑戰拳王腰帶賽！」建漢大聲嚷嚷，興奮之情溢於言表。

「真的嗎！」可洛喜道。

「等等！我怎麼可能有資格挑戰拳王？我現在的排名應該是全聯盟最後一名啊！」我兀自震驚中。

布魯斯鼓掌，說：「協會可是為了大撈一票，所以才破例安排了這場比賽，哈哈哈！努力追求一勝的不倒人義智，碰上史上最強的七屆拳王勇次郎，到底還能不能撐到第九回合？哈！光是賭盤抽成，協會就賺翻了！而你的出場費也不下於拳王，同樣都是一百五十萬！」

我傻傻地聽著，這消息來得太突然，布魯斯昨天就知道了，居然拖到現在才告訴我。

「怎麼樣？打不打！」布魯斯笑吟吟地看著我。

「打贏了有腰帶可以拿嗎？」建漢幫我興奮，搶著問，跟可洛緊緊牽著手。

「雖然是破例舉辦的比賽，不過過程一切都按照規矩來，誰打贏了，誰就是下一任拳王！」布魯斯差點吼了起來。

我愣愣的，心裡有一團火焰燃燒著。

「對不起插嘴一下。」鐵板師傅突然開口，拿著鍋鏟認真說道：「一定要打，是男人的話，這種一輩子都不會再有的機會一定要抓住，想當年我跟將太在世界壽司大賽纏鬥到第九回合，要不是……」

我看著興高采烈的布魯斯，慢吞吞問道：「老闆，你很想要我打吧？為什麼呢？」我期待一個比鉅額出場費更重要的理由。

布魯斯一拳重重拍在炙燙的鐵板上，高溫將他的拳頭燙得吱吱烈響。

「靠，這可是不得了的機會啊小子，我要你把所有倒下去的一次拿回來！」布魯斯的眼睛乍放精光，說：「咱們扛一條腰帶回家！」

我再沒有疑義。

「管他拳王是誰，我都要把腰帶從他身上拔下來！」

我大叫，所有人舉杯狂吼。

「我有一個好消息要告訴妳！」

「我有一個好消息要告訴你……哈啾！」

剛剛走出鐵板燒店，跟大家告別之後，我看到第一個電話亭就走了進去，興奮地打電話給心心姊姊，她一接電話，我們倆便不約而同說出同一句話。

「哈！妳先說吧，這次我的好消息一定蓋過妳的。」我嘻嘻笑道，手指捲著電話線。

「不會吧？還是小鬼先說。」心心姊姊的聲音很飛揚。

「不不不，還是妳先說，我這一條可是超級大消息呢！」我樂歪了，好像拳王腰帶已經拿到手似的，說：「連我自己都沒料到的，天上掉下來的大消息！」

「呵呵，難不成中了頭彩？」心心姊姊亂猜。

不可能的，我生命裡唯一的頭彩，可是妳啊！

「哪是，我才不買那種東西呢！」我神祕地壓低聲音。

「我知道了！你跟建漢終於找到新房子，要搬出鬼屋了！」心心姊姊故意不認真猜，想把我逼急。

「不是啊不是，那種消息怎麼會是我料不到的，亂猜！」我哈哈笑道：「當年的流鼻涕小鬼要打拳王爭霸戰了！就在兩個月後，我老闆還特地挑我生日，也就是我進孤兒院二十週年那天開打呢！」

心心姊姊驚喜地尖叫：「天啊！太棒了！你一定要打贏！」

我還來不及說話，心心姊姊就一直尖叫個不停，我還聽見她同身邊的一群小朋友大聲宣佈，有一個以前很笨的學長現在居然要打拳王爭霸戰了！

白癡的小朋友還搞不清楚怎麼回事，就跟著心心姊姊又叫又跳起來。

「那妳呢？是什麼好消息要跟我說啊！」我很亢奮，要是現在上場我也不怕。

「你猜？」心心姊姊的聲音變小了，她好像正摀著話筒，慢慢走離那群夭壽吵的小朋友。

怪怪，既然是好消息，為什麼要壓低聲音？

「我猜猜喔……」我不知怎地，剛剛打完拳賽的掌心開始冒汗，甩了甩。

不祥的預感。

「我猜……我猜……」我竟開始結巴，手抬起，手指顫抖地算著。

心心姊姊，今年幾歲了？

我兩個月後號稱滿二十歲，心心姊姊大我兩歲半，也才二十二歲。

但我的心臟跳得好慌，好像隨時會自己震歪似的。

「虎姑婆院長居然幫妳加薪了？」我四肢發冷。

「才不是，是……」心心姊姊幾乎是用氣音在說：「宇軒昨天晚上跟我求婚了！」偷偷摸摸的，生怕被別人聽見的聲音中，卻洋溢著粉紅色的幸福。

我晃了一下，眼前昏昏暗暗。

「真是太棒了！」我用力抓著話筒，歡欣地說道：「什麼時候生個小寶寶給我們抱抱啊？」

天空陰陰沉沉的，剛剛明明就是萬里無雲的大晴天。

好像命運跟天氣講好的一樣。

「哪這麼快，我又沒說我答應他了。」心心有些侷促。

「哈，居然還會難為情，難道妳不嫁嗎？」我的頭靠在玻璃窗上，呼吸困難，笑得很暢懷：「女生就是婆婆媽媽，我看是宇軒買的鑽戒不夠大顆吧，哈哈哈哈……」

「哼，要你管。」心心姊姊恢復一貫的開朗，說：「我可忙得很，沒時間結婚呢，你也知道這群小鬼有多麻煩，比起當初的建漢跟你一點都不遑多讓，偶而我還要跑去後山的祕密基地去逮幾個小鬼回來上課，你知道嗎，那些小鬼不知道從哪學來的心思，居然在樹上蓋起樹屋，還架水槍防禦呢，真是笑死我了。」

鮮血從我剛剛被打歪的鼻子裡流了出來，我很開心地說：「看來我下次去看閃電怪客的時候，應該繞去祕密基地偷偷把他們的樹屋拆了，哈！他們一定以為是惡魔黨幹的！」

「對了，說到結婚，你能不能快點交個女朋友啊？要不然，嘿嘿嘿……」心心好像做起粉紅色的夢：「要不然到時候婚禮的伴郎只能找建漢一個人，伴娘當然就是可洛囉，你就只能當個超齡大花童了！」吃吃地笑了起來。

我坐下，全身縮在一起。

「好慘啊，再給我一些些時間吧，等我當上拳王以後，說不定就會有女生願意跟我交往了呢。」我不停地笑，眼淚浸溼了膝蓋。

心心姊姊又跟我嘻嘻哈哈了半小時後，才掛上電話。

沒有聲音。

但我仍將話筒靠在肩膀上，靜靜地聽著。

電話亭外，不知何時應景地落下傾盆大雨。

大雨沒有停過。

我臉上的笑容也沒有停過。

那晚，

我就住在電話亭裡。

第十一章　研發必殺的武器

「昨天晚上怎麼沒回來睡啊？」

建漢一起床，看見我就問。

「很擔心我呴？」我正在收拾行李，我必須展開嚴苛的特訓。

「擔心個屁，不過你跑哪去了？」建漢揉揉眼睛，跳下床，刷牙洗臉。

我沒有回答。

「我要去找閃電怪客跟亞里斯多德了，我只剩下兩個月，沒多少時間了。」我打量著行李，說：「要拿拳王腰帶，我挨打的本事大概是夠了，不過我的拳頭還遠遠不夠力，我非找出屬於我自己的致命武器不可……將拳王一擊必殺的武器。」

我將拉鍊拉上，肩起行李，看見建漢靠在浴室門外，嘴巴含著牙刷，一邊穿上警察制服。

「其實，昨晚我聽可洛在電話裡說了。」建漢含糊不清地說，睡眼惺忪。

「別擔心我，但現在我不想談這些，我的腦子只裝得下拳王腰帶。」我頭也不回走出門。

「加油啊。」建漢在後面說。

我來到孤兒院後，走過既熟悉又陌生的祕密基地，爬上充滿回憶的大樹，放了幾本最新的英雄漫畫在那群小鬼搭建的樹屋裡，還有幾張閃亮的英雄圖卡，給他們一個驚喜。

跳下樹，走下山坡，遠遠看著孤兒院。

視野真好。

我走下山坡，來到我發誓再也不進去的孤兒院門口，跟守門的王伯伯聊了幾分鐘後，就請王伯伯跟心心姊姊通報一下。

心心姊姊走出來時身後還跟了一群橡皮糖似的小鬼頭。她不管在什麼時候，身上散發出的暖暖母性特質都吸引著周遭的人。

「又要去後山啦？」心心姊姊摸摸我的頭，說：「髮型好遜，晚上我下班後幫你剪一個帥氣一百倍的。」

「不了。」我搖搖頭，說：「我打算綁馬尾上陣，那樣看起來比較有個性。我走啦，妳乖乖上課去吧，每天晚上我累了，都可以下來找妳嗎？」

「可以啊，你正好可以教教這個精力過剩的小鬼打拳，他跟你簡直是同一個模子刻出來的。」心心姊姊揪著一個小男孩抱怨。

那小男孩眉毛粗粗的，嘴巴小小的，左邊眼睛比右邊的眼睛細了點，一臉的扭捏跟藏不住的心不在焉。果然很像我。

「大哥哥快教我打拳，我要變成心心大姊姊最喜歡的勇敢超人。」扭捏的小男孩突然很熱切地看著我。

「喔？為什麼？打拳很辛苦的喔。」我笑著，用力捏著這小鬼的臉龐。

「因為我長大以後要娶心心大姊姊啊！」小男孩正經八百地說。

我一愣，心心姊姊笑彎了腰，說：「你看，像到骨頭裡了吧！」

「那你可要好好加油喔。」我的心頭好熱，緊緊抱住這個天真的超級大笨蛋。

我站了起來，在孤兒院門口跟大家揮揮手，趁我眼淚還沒掉下來前離去。

我沿著河流走，還沒靠近廢棄鐵工廠，亞里斯多德就派了好幾條野狗迎接我，我從行李拿出一大盒雞爪賞給牠們吃，十多條野狗高興地翹起尾巴來回飛奔著。

「我來了。」我站在亞里斯多德面前，笑著將行李放在工廠角落。

亞里斯多德像往常一樣，既驕傲又興奮難耐，全身筋肉糾結地看著我，閃電怪客抽著捲菸，坐在空油桶上瞇著眼。

「你可能要失望了。」我哈哈一笑，脫掉脆弱的上衣，說：「我這次跟你打架的次數會少很多啊，我沒多餘的時間昏倒了，我要開發出威力超大的拳頭。」

亞里斯多德可不理會這麼多，戰意高昂地撲上，我也不廢話弓起拳頭用力砸下去，纏鬥了十幾分鐘，疲累的亞里斯多德用了六次磷光咬擊才將我弄昏。

一桶水將我潑醒。

「這次你傷沒養好就上來了，可見是件很重要的事啊。」閃電怪客站在我身邊，低頭看著我，手裡拿著空水桶。

「是，我要跟拳王打一場驚心動魄的大架。」我躺在地上，臉上卻沒有笑容。

我該怎麼開始呢？

昨天吃鐵板燒時，一向隨我高興的布魯斯非常難得，主動跟我討論起擒王戰術，想來他認為這次不僅要將比賽打得精采，打得令人動容。

還要打贏。

我站了起來，甩甩臉上的水珠。

「如果我改變戰術，身為不倒人的我居然閃躲他每一拳，戰局會不會扭轉？」我問，當時鐵板燒的熱氣似乎還留在我的臉上。

我走到空汽油桶旁，摸著生鏽的鐵。

「省省吧，勇次郎腳程很快又靈活，雙拳左右開弓像他媽的兩管大砲，以他的經驗要逮住你太簡單了。」當時，布魯斯老實不客氣地說：「而且你別忘記，你就是因為不閃不避，所以體力才保持得比對手多很多，一旦你開始花體力、花心思閃拳，你就沒有那種狗屎體力撐到第九回合了。」

「也是。」我有些著惱。

「不過話又說回來，如果你在關鍵時刻躲開全場唯一的一拳，或許會有空檔。」布魯斯指著自己的臉。

「然後呢？」我問。

我拍拍桶壁，搖搖頭。

不夠。

遠遠不夠。

「除了臉，勇次郎全身上下幾乎毫無破綻，肌肉像是用焊槍燒在身上一樣，要打贏他絕對沒辦法取巧，你需要一記可以搗破他所有防備的好拳。」布魯斯直接了當，吃了一大塊肉。

我走出鐵工廠，一堵莫名其妙矗在大樹旁的水泥磚牆。

「什麼樣的好拳？」我問。

我摸著水泥磚牆，厚實堅硬，它原本是用來儲油的抗壓牆。

「就算是超人系的傢伙也擋不住的一拳。」布魯斯握緊拳頭，興奮地說：「一拳搗破他的十字防固，轟在臉上，然後讓他直接飛下台。」鐵板燒師傅點頭稱是。

我閉上眼睛，讓手指感覺這堵厚牆頑強的生命力。

「閃電老伯？」我慢慢開口。厚牆冰冰冷冷回應我。

「什麼事？」閃電怪客正在生火。

「如果有一種拳頭可以砸壞這道牆壁，它足夠打倒年輕的你嗎？」我睜開眼睛，手指輕推牆壁。

「抗壓牆？那種連拳頭都會一齊毀掉的威力，足夠轟垮任何一個英雄超人了。」閃電怪客笑笑。

我對著牆壁說：「就是你了。」

吃過閃電怪客從溪裡電昏的溪蝦跟吳郭魚當晚餐後，趁著殘餘的營火，我將抗壓牆做了一些改變。

拳王比我高了三公分，於是我在牆上量了一下，在差不多是鼻樑的地方做個記號。

不，應該要低一些。

「拳王揮拳過後十分之一秒時，鼻子大概是在這裡。」我將記號重作，然後將護墊一個一個黏在抗壓牆的記號上，輕輕打了幾拳試試，確定拳頭受到柔軟的保護為止，共加了五片護墊。

「你打算怎麼做？」閃電怪客問，收拾著碗筷。

「什麼都不練，就練這個姿勢。」我將身體重心擺低，左拳夾緊臉前，右腳稍微往後一步，左腳重重用力往前一踏，右拳自腰際劃過全身之上，刷！

護墊震動了一下，牆壁當然完好無恙。

我說：「我還有兩個月可以加強這一拳所需要必備的一切，包括這個姿勢需要運用的肌肉平衡感、速度、爆發力，還有將拳頭毀掉的勇氣，我都要在這兩個月內學會。」

閃電怪客點點頭，說：「我明白你的意思了，你想固定練這個呆板的姿勢。」

我說：「沒錯，這兩個月我除了這個動作之外，什麼防守、攻擊都不練，因為我的劇本很簡單，我只要咬緊牙關，除了倒下又爬起來外什麼都不做，撐到第九回合，閃開拳王一拳，然後看著他驚詫的表情將這一拳塞在他的鼻子上。」

閃電怪客爬上樹，躺在我為他做的吊床上，說：「然後比賽結束，腰帶到手，你跟音波俠之間的距離又靠近了一步。」

「我可沒想那麼多。」我拍拍腦袋，讓自己的思慮專注在無趣的練習上。

亞里斯多德百般聊賴地趴在地上，看我不斷揮舞這一拳，平實無奇的大軌跡從腰際劃到牆上，亞里斯多德看到睡眼惺忪，看到呼嚕呼嚕睡著。

「不好意思啊，我身上的傷還沒好，一個月後再跟你打架。」我持續彎身揮拳，看著月光下的亞里斯多德，說：「我拿到一百五十萬出場費，一定請你吃一百隻香噴噴的烤兔子。」

月光下，閃電怪客不久後也睡著了，只剩下牆壁上的拳拳悶響。

化繁為簡，千錘百鍊。

我的眼睛只看得到軟墊上的靶心。

因為我不敢閉上眼睛，我深怕我會看見身披白紗的心心姊姊，手裡捧著一大束紅色玫瑰，四周迴盪著教堂的鐘聲。

直到一拳落空，倒在地上睡覺為止。

隔天醒來不見閃電怪客，後來才知道他下山買了一個電冰箱，雖然廢棄鐵工廠裡的電力網路根本荒蕪多時，但這對人體發電廠來說根本不是問題。

從此每天早上我一醒來，就會發現右肩上冰冰涼涼的，一大包冰塊敷在我身上，原來是閃電怪客裝作隨手興起的體貼。

早餐常常是野菜加蔬果汁，還有一盤白煮雞肉。

然後揮兩千拳。

午餐有時是雞肉炒豆芽加五大碗白飯，有時是幾顆雞蛋加亂七八糟電炒飯。

一個小時的午覺醒來，對著牆壁又是兩千拳。

筋疲力盡後全身反而無法放鬆，於是我會找早就按捺不住的亞里斯多德教訓我一頓，索性被咬昏呼呼大睡。

醒來，跟閃電怪客一齊張羅晚餐時，下班的心心姊姊有時會帶幾盤廚房的小菜、營養好的牛奶跟我們一起吃，後來經過閃電怪客同意，心心姊姊還會帶兩三個小鬼頭來看我練拳，順便讓我隨便指點幾招，他們都是小男生，個個興高采烈地比劃著。

這是我一天裡最快樂的時光，有時候我看見那些小男生的臉上隱隱藏著我曾有過的笑容和期待時，一種置身時光隧道的愉快錯覺就會闖進我的靈魂。

心心姊姊走後，我又會站在滿天繁星下，站在屹立不倒，比我更頑強的抗壓牆前，繼續千篇一律的沉默對抗。

記得，也是心心姊姊教我打架的。

當時建漢還沒進孤兒院前，我只有五歲的時候。

一個因為家庭暴力被暫時安置在孤兒院的男生，同樣也是五歲，但不知道在外面吃了什麼足足高我兩個頭，他看所有小朋友都不順眼，大家都被他折騰得人仰馬翻，但他最常針對我，經常譏笑、欺負我。

有一次下課，那男生將我罰站到講台上，逼我用粉筆在黑板寫一百遍「我是沒爹沒娘的大便」，我不從，他就對我拳打腳踢，我只好一邊哭一邊罰寫。

從走廊經過的心心姊姊看見了，當時還是七歲的她二話不說捲起袖子，走進我們低年級的教室。

「幹什麼！」過度發育的男生雙手插腰，一副校園小霸王的模樣。

「別欺負我弟弟！」心心姊姊左腳往前一踏，右拳從腰際劃出一道漂亮的弧線，將過度發育的男生一拳揍得鼻血直流，哇哇大哭。

然後心心姊姊進了不乖房過夜，唯一的一次。

為了我。

現在我練的這一拳，跟那一拳很像，卻又不像。

同樣的踏步，同樣的弧線，同樣的堅定，卻是不同的眼神。

我多麼希望這一拳不是為了拳王腰帶，而是為了她。

是的，我在睡前的兩千次揮拳練習時，腦袋裡轉的都是這些泛黃的回憶。畢竟我距離那些回憶只有一個小時的路程，就在河流下。

而回憶的主角無時無刻都在我心裡。

「活了二十年，難道是為了失戀？難道是為了當拳王？」我問牆壁。

碰！

牆壁如此回答。

一個月後，我身上的傷全好了，跟亞里斯多德過招的次數變得很頻繁，意外的是，因為我拒絕使用別的招式，有時亞里斯多德來不及變身，就被我這「絕對擊倒」的一拳打昏。這種情況可說絕無僅有，可見練習的成果已開始浮現。

我想我的肌肉也適應了嚴苛的規律訓練，於是從每次練習的兩千拳提高到三千拳的沉重份量，到最後我一揮空拳，我自己都感覺到強烈的後座力讓我一陣頭暈目眩，左腳會一踏踏進地裡似的。

每天清晨幫我右肩敷冰袋的閃電怪客說，我右邊的肩膀比左邊的肩膀隆起太多，整條手臂也粗多了。

「拳王一眼就會看穿你的計謀。」閃電怪客沉吟道：「你的右手明顯比左手強壯太多，你過度鍛鍊了，應該平衡一下。」

我拒絕。

「我這一拳，就是要讓他即使有了防備也躲不開，躲開一拳也躲不開第二拳。」我摸著肩膀上的冰塊，說：「要有這種氣魄才能打倒拳王，我也知道，光靠計謀是不行的。」

「有骨氣。」閃電怪客不住地點頭，說：「比我這個過氣英雄要有魄力啊！」

一旁的亞里斯多德醒了，甩甩頭，一臉憤怒剛剛被我一拳擊倒的表情。

「抱歉了笨狗，我可不能再跟你打了，我這一拳怕打爆了你的頭，除非你直接變身。」我笑笑。

於是亞里斯多德心不甘情不願變身，磷光護盾開啟後，我們又瘋狂抱打在一塊。

「真令老頭子開了眼界，居然連續被咬了七下都還醒著……」閃電怪客嘖嘖稱奇。

剩下的兩週，天氣逐漸酷熱起來，在大太陽底下打拳不只是頭暈目眩，我還發現身體的平衡感越來越差，幾乎每揮三拳就有一拳揮到跌倒，到後來變成兩拳中必有一拳讓自己摔跤，我刻意想保持平衡，整個身體卻越發不對勁，這對一個拳擊手來說可是相當可怕的事。

我的身體暫時無法駕馭拳頭迸發出的力量，跟不上力量成長的速度。

而不知道是不是錯覺，我覺得牆壁的臉變得扭曲起來，我想我們之間最後的對決就快來臨了。

「老闆，我準備好了。」

我出現在拳館的時候，距離比賽，我的生日，只剩下三天。

布魯斯正躺在椅子上，雙手撐著巨大的槓鈴，連鬍子都被汗水沾溼了。

「靠，終於等到你了。」布魯斯將槓鈴放回鋼架上，坐了起來。

我指著右邊肩膀高高隆起的肌肉，還有纏著繃帶的右手掌。

「你的祕密武器未免也太不祕密了吧？」布魯斯的眼神大為驚奇：「你居然在兩個月裡把右手練成一條怪物。」

我賊兮兮地笑著。

離開廢棄鐵工廠前，最後的一個畫面，是眼前突然一片碎石與迷濛。

然後視野突然開闊起來。

我彎腰喘著氣，雙手扶著膝蓋。

這是我起床後第四千零八十二拳。

「幸好我不是拳王。」

閃電怪客嘴巴張得很大。

為了替我加油，也為了提前替我慶生，所有我生命中最重要的人齊聚在居酒屋裡，心心姊姊、建漢、可洛、閃電怪客、彆扭的亞里斯多德、宇軒、布魯斯，大家圍了一圈，除了堅持嚴肅的亞里斯多德外，大家的臉上都堆滿了笑容。

距離比賽，只有兩天。

「這個策略真的行得通嗎？」宇軒頗為擔憂。

「靠，只要小子照往例，倒下去一定爬起來的話，第九回合一定可以靠這一拳逆轉回來。」布魯斯用力拍了一下宇軒的後腦勺，要是他知道他拍的人是音波俠，他不知道會是什麼表情。

「那一拳真的那麼厲害？」建漢好奇地問。

「如果你看到牆上那個大洞，嘿……」閃電怪客替自己跟亞里斯多德倒了杯酒。亞里斯多德已經有好多年沒來到人類密集的大都市了，嚴肅的表情不大自然。

「太棒了，我一定要跟學校請假出來看比賽。」可洛興奮地說。

「我跟宇軒也是，我們一定會請假來看比賽的，而且我還要帶一群小鬼喔！」心心姊姊眉飛色舞，拿起酒杯。

「笨女人，票都賣光光啦！這種超級有噱頭的大比賽怎麼可能還有票啊？連中場休息的電視牆上都塞滿了大廠商的廣告啦！」布魯斯大聲說。

我嚇了一跳，我居然忘記向協會要幾張公關票了！

心心姊姊等人面面相覷，閃電怪客更是差點跟亞里斯多德抱頭痛哭，他們可是特地下山來看我幹掉拳王的啊，今天還要睡我跟建漢那間鬼屋。

「哈！嚇得屁滾尿流了吧！」布魯斯哈哈大笑，從懷裡掏出幾張又皺又折又溼的票出來，說：「我早就去要票啦！等這小子跟我討票，靠，那不會太晚了麼！」

大家在我的窘迫表情中哈哈大笑。

此時居酒屋店裡的架掛電視，正播出眾所矚目的世紀大審判新聞報導。

「本台為您追蹤報導，今天市警局證實，市立監獄中四名窮凶極惡的異能力者重刑犯即將在一週後面臨死亡審判，分別是超人評鑑雜誌排名第四十五的豹人、排名第八十一的大鋼牙、排名第六十九的噴火痴漢，以及眾所矚目的，也是排名第二十七的骷髏幫幫主，骷髏大帥……」

席間暫時一片靜默。

「我聽長官說，這些異能力者重刑犯被判死刑的機會很大，很可能打破蜘蛛市法庭十五年不判死刑的暗規。」建漢首先開口。

「靠，最好是這樣判，他們這些沒人性的整天亂搞，又超難抓……」布魯斯一開口就亂罵個沒完。

「他們要是不被判死刑，總有一天一定會越獄的。」閃電怪客抽著捲菸，經驗老道地說。

我伸出手，將捲菸的煙頭捏熄。

「萬一他們在監獄裡聯手起來，不但越獄沒有問題，恐怕整個城市都要癱瘓。」宇軒皺著眉頭，這四個重刑犯有三個是他抓的，一個是月光姆奈逮的，骷髏大帥尤其難纏。

我私下聽宇軒說，那天在一百三十樓高的貝登大樓同骷髏大帥的那場慘鬥，宇軒還被骷髏大帥的劈風拳打斷了好幾根肋骨，經過好一番拚鬥後，宇軒才將骷髏大帥最自豪的右手用碎音拳打斷擒住。

「幸好我們警察再怎麼廢，監獄裡都有分別針對那些異能力者設計的堅固牢房，豹人變身要攝氏三十五度以上的室溫，所以被關在恆溫二十二度的強力冷氣房裡；大鋼牙的房間每個鐵製的牆壁全部高壓電伺候，一咬就會被電昏；噴火痴漢要看花花公子雜誌創刊號才會噴火，所以房間裡當然沒有那本該死的雜誌。」建漢說著說著，自己都覺得好笑：「骷髏大帥太強，幾個骷髏幫的殘眾還常常試圖劫獄，所以獄方乾脆將他剩下的左手用水泥塊固定住，還每天打三人份的鎮定劑。」

我說：「這些靠著超能力為所欲為的混帳早就該槍斃了，花心思關他們真是太浪費納稅人的錢。」

宇軒同意我的觀點：「他們每個人都是屠夫。」

閃電怪客好奇地問：「現在城裡還剩下多少異能力的犯罪者沒被逮到？」

布魯斯搶著回答：「靠，除了骷髏幫副幫主居爾外，都是些三腳貓的角色。」

「居爾是強化玻璃人，聽說是從小就很愛吃玻璃所以就變成那個樣子了。」可洛說著道聽途說的傳聞向閃電怪客解釋著。

「居爾變身後，甚至可以防彈，所以我們警察拿他一點辦法也沒有，以後還要勞駕音波俠去逮他了。」建漢似笑非笑地看著宇軒。

宇軒不知所措地傻笑著。

「靠，笑什麼？」布魯斯大笑，用力拍了宇軒的後腦勺說：「以為自己是音波俠啊！」

我們全都爆笑成一團，只有亞里斯多德專心地喝酒。

「對了宇軒、心心姊姊，祝你們佳期日近！」我舉起酒杯，我誠心希望他們能夠幸福。

宇軒張口結舌，臉色居然又紅了起來，心心姊姊則摀住嘴巴笑個不停，建漢看了看我，做了一個鬼臉後被可洛勾住脖子，說：「好幸福喔，可洛也好想結婚。」

「結……結妳個大頭鬼！」建漢說完，手上立刻多了好幾個瘀青。

真是個愉快的夜晚。

當晚，宇軒送心心姊姊回孤兒院，我帶閃電怪客跟亞里斯多德回租屋，將我的床整理好給閃電怪客睡，亞里斯多德睡地板，我則睡在亞里斯多德的硬肚子上；建漢送可洛回學校宿舍後，也拎了幾罐啤酒回來，把我們通通踩醒後再喝了一場。

隔天就直接睡到中午，建漢當然已經出門上班去了，我自個兒做了三千下舉重後，心情竟然意外的好。

舉重過後已經黃昏了，我想保留體力給隔天下午，決定晚上不再胡亂練習，於是洗了個澡後，我就帶閃電怪客跟不喜歡人群的亞里斯多德到河堤上散步，看著火紅的夕陽，一邊在腦中模擬著明天的比賽情況，七屆拳王勇猛的身形從比賽錄影帶中跳到我面前，擊出一記記宛如大砲的拳頭。

但很奇怪，拳王的影像很空虛，好像是海市蜃樓一樣，我完全感受不到比賽前應有的壓迫感。

「閃電阿伯，我一點要打拳王爭霸戰的緊張都沒有，這是不是在暗示著什麼？」我狐疑道，斜躺在河堤上，亞里斯多德兇惡地瞪了路過的情侶一眼，嚇得他們拔腿就跑。

「也許是你快要當拳王的徵兆吧？」閃電怪客說，伸了個懶腰。

「是嗎？」我說。

我看著紅色的天空，彩雲魚鱗般掛滿半個天際，城市的上空真美麗。

「如果可以有更多的幹勁就好了。」我喃喃自語，雖然我的右拳耗費了我絕大的精神跟汗水，我到現在都不知道我的身體是怎麼辦到的，短短的兩個月，日夜不輟地面對牆壁，居然共砸下接近四十萬揉身一擊的猛拳。

然後居然還可以撐住。

「明天，一切只有明天鈴響時才知道分曉。」我說。

比賽當天終於來臨，競技館張燈結綵，拳迷蜂擁而至，共有七家電視頻道現場轉播，對於勝負，拳協的法定賭盤開出一比四百五的懸殊賠率，但賭我是不是能讓拳王接受莫可奈何的判定勝的賠率，則高達了一比一。

但我心裡明白，我是不倒人義智沒錯，但我可不是小丑，不是沙包。

所以我將出場費一百五十萬全押在自己身上，賭我贏。

開賽前十五分鐘。

我將頭髮紮成馬尾，套上紅色拳套，紅色長筒靴，一個人坐在選手休息室中聞著拳擊手套上的塑膠泡綿味道，等待前兩場熱場的小比賽結束後，就輪到我的主秀登場了。

閉上眼睛，仔細回想著這兩個多月來的艱苦鍛鍊，但腦中卻不由自主浮現出剛剛那些將走道擠得水瀉不通的電視台、報社記者手中的麥克風，還有那一堆煩死人的問題。

「請問你收了多少的出場費？據說不下拳王？」

「請問義智選手，有專家指出這一場堪稱實力最懸殊的拳王爭霸戰其實是一場鬧劇，請問你有什麼看法？」

「請問你今天是不是還會貫徹你的不閃不倒策略？」

「請問你對今天的比賽有什麼期許？目標是撐到第九回合或是？」

「請問你對拳王公開宣稱，可以在第一回合就把你的頸骨打斷的說法有什麼回應？」

「請問你對拳王的必殺技嚬殺拳有什麼對策？」

這些白癡問題我一律交給愛講話的布魯斯去應付，然後一個人將自己關在選手休息室，讓自己逐漸滾燙的皮膚稍微降溫下來。

「可惡，你們這群看不起我的混帳。」我有些悶，用拳套拍拍我的臉。

休息室的門打開。

「最好連拳王都這麼想。」閃電怪客跟亞里斯多德走進來，繼續說道：「這樣你就越有機會轟上那一拳。」

我探頭看著走廊外，閃電怪客說：「你那個朋友布魯斯，將那些記者通通打發走了。」

「心心姊姊跟建漢他們沒來嗎？」我問。

閃電怪客搖搖頭，說：「人太多，沒看見他們，說不定已經在觀眾席上了吧。對了，主辦單位說狗不准佔位子，所以我就跟亞里斯多德在休息室看轉播吧。」

我說：「沒關係，今天我是主角，我去跟那些商人說說看。」

閃電怪客拉住我，說：「比賽前不要分心，別去管這些拉哩拉雜的事了，我跟亞里斯多德本來就不喜歡人多的地方，不礙事。」

我坐了下來，雙腳一直拍打著雜亂的節拍。

重要時刻沒有看見心心姊姊，總教我心煩意亂。

「那宇軒呢？」我問，他可不要再出事才好。

「我也沒看見他。」閃電怪客不好意思地說：「不過我是刻意躲著他，我看到他就感傷自己怎麼會變得這麼糟糕。」

「你一點都不糟糕，你人很好。」我笑笑，肌肉還是相當緊繃。

閃電怪客坐在椅子上，亞里斯多德隨即趴在我腳邊，看了我一眼。

我也看著亞里斯多德，一看到牠我就心安了。

拳王的拳再強，也沒有他老人家綻發青光的牙齒令人生畏。

亞里斯多德低吼了一聲，好像警告我最好不要打輸，否則就要把我撕成八塊。

「小子，聽到觀眾的歡呼聲了吧！」

像座小山的布魯斯滿身大汗將門踢開，震耳欲聾的加油聲排山倒海遠遠襲來，我全身幾百萬個毛細孔在剎那間全打開了。

「他們在為我加油？」我迷惘，自言自語，雙拳卻緊緊握了起來，全身發抖。

「現場可沒有一個拳王的拳迷啊，靠，這滿滿的五千個人都是來看你創造奇蹟的啊！」布魯斯大吼：「你看你老闆都被叫到全身火燙啊！這可是職業選手一輩子難求的夢幻比賽啊！」

我瞪大眼珠子，再也按捺不住心裡那興奮又狂野的聲音……

「打贏這場比賽，誰都藏不住你了，誰都可以輕易地找到你了！」

打噴嚏

A choo!

第十二章　距離三公分的拳王腰帶

「藍邊角落！生涯七十四勝零敗，蜘蛛市鯊魚級史上衛冕最多，號稱最強的拳王！貝・克・勇・次・郎！」

主持人拿著麥克風隆重地介紹，但全場一片寂然，一個粗眉長髮怒漢直接從擂台下翻上，不屑地高舉黑色的拳套預告勝利，那拳套底下不知倒下多少英雄好漢。

兩個助手慎重地將勇次郎腰際上的拳王腰帶取下，腰帶金光閃閃，耀眼迷人。

但我要的，可不是那條沉重的金屬帶子。

「紅色角落！只會勇往直前，不斷倒下爬起的永遠零勝男子漢！悲劇英雄！不倒人！王・義・智！今天扭轉命運來啦！」主持人熱淚盈眶，真是太投入了。

全場起立，爆起如雷掌聲，幾乎每個人都吼著加油聲，害我根本就聽不清楚，披著紅色大披風就慢慢走上擂台。

「小子，看你的了！」布魯斯將我的名字用噴漆噴在赤裸的上半身，居然有這種教練兼助手。

我點點頭，一邊拉起繩索一邊朝觀眾席看去。這次我學乖了，牢牢記住布魯斯給心心姊姊他們的票的位置，但我一看，那幾個頗靠近擂台的貴賓位置只有猛揮手的可洛跟建漢，不見心心姊姊跟宇軒。

「不會吧？」我暗暗失望，我擒王的重要時刻居然少了一雙最重要的眼睛。

裁判看著我，他非常習慣我打拳漫不經心的飄忽眼神，走過來說：「王義智，比賽即將開始，請注意。」

我應道：「再等幾分鐘好嗎？我的心心姊姊還沒趕來。」聲音透過擂台柱上的感應麥克風傳了出去。

全場大笑，紛紛叫好，說沒有問題就等等她吧。他們都知道我喜歡在比賽時張望觀眾席裡，一個叫心心姊姊的人，甚至有一次還因此被打哭了。

「不行！」裁判瞪了我一眼，我只好再度開始我的孤軍奮戰。

晾在一旁的拳王臉色非常難看，驕傲如他根本沒遭受過如此的冷落，脖子上的青筋像蚯蚓亂動，殺氣逼人。

我脫下寫著「今生一勝」的紅披風，高高舉起左手，全場又是一陣瘋狂。

「小鬼，滾回馬戲團吧。」拳王一拳重重砸在自己胸口，像一頭即將衝出鐵籠的猛獸。

「那你滾回動物園吧。」我毫不客氣，大步走向前去，用拳套輕輕度量了一下拳王的鼻子高度。

嗯，如果他果然彎腰的話，這一拳閉著眼睛都可以命中。

我的挑釁動作讓拳王大吃一驚，全場觀眾更是抱頭叫好。

「混帳！裁判！」拳王將我推開，憤怒大叫。

「比賽開始！」裁判右手揮下，連忙跳開。

我毫無遲疑，像旋風捲向拳王襲去。

拳王裝作一臉蠻不在乎，尖銳的左刺拳精準地穿過我雙手的防備，砸在我的臉上。

我鼻子頂著那一拳，硬是用身體的衝擊力竄到拳王身邊。

「是現在嗎？」

我的右拳牽動厚實的肩膀，問我。

碰！

我倒下，看著天花板。

剛剛我正要揮出那必殺一拳時，拳王的右鉤拳輕描淡寫朝我的下巴揮上。

「真不愧是拳王。」我索性躺在地上休息，任裁判慢慢數秒耗些時間，直到身體完全恢復過來，才輕盈地跳了起來。

觀眾大聲叫好。

「來吧。」

拳王的動作跟想像中的一樣俐落，太早使用祕密武器的話，他絕對不會被我擊中的。我只好改變戰術，將自己的身體盡量縮起來，有如第六回合的疲憊戰提早來到。

等你再累一點吧，你的平均KO回合數是三點六場，未必有我的體力。

我謹慎地防禦，偶而隨便揮揮拳，但拳王不費吹灰之力就躲開了。

拳王揮灑自如靠近我，依然操控著飛快精準的左拳導彈，比起人魚宮本雷葬的無呼吸連打，拳王的拳並沒有狂風暴雨之勢，每一拳都是冷靜計算後的判斷，除非我抓狂暴衝，否則拳王乾淨明快的左拳就足以將我擋在擂台圓心之外。

但一旦我衝向拳王，下場必然會像剛剛一樣，被拳王的重武器右拳轟倒在地上。

「好不容易跟偉大的我比賽，盡你所能靠近我吧。」拳王高傲地說，左拳輕輕收回，我一踏步，左拳立刻將我刺退一吋。

不對勁。

雖然我的手臂被拳王的左拳刺得很痛，但拳王根本沒有意思像他對記者宣稱的那樣，打算再第一回合就快速將我了結。

「看不起我嗎？」我頗氣憤，瞥眼看了一下建漢身邊的位置，可惡，居然還是空的。

「跟王者比賽最好專心點。」拳王不悅，我一回神，感覺到身體居然浮了起來，下意識看了看下面，雙腳早已離開地板。

摔！

全場鼓掌。

我皺著眉頭抱著肚子，居然被你陰了一拳。

我想站起來，但看見布魯斯焦急地揮手勢，叫我休息一下，雖不明白是怎麼回事，但我還是照做了，等裁判讀到八秒時才站了起來。

「拳王的拳居然如此娘娘腔啊。」我故意嘲弄著，擺出架式。比起人肉坦克範馬傑克的猛拳，拳王反而有所不如。

「拳王不是只要揮大拳就能當的。」拳王冷笑，隨意躲過我的連續左拳，連手都不抬一下。

噹！

第一回合出奇寧靜地結束。

我坐在椅子上，看著吊掛在擂台上方巨大的六面角巨型電視發呆。

「別分心了，專心調整呼吸吧。」布魯斯自己卻抬著頭，看著巨型電視上的運動器材廣告，只是用手拿著冰毛巾敷著我的手。

「調個屁，我根本就不喘。」我說，看著坐在貴賓席上的可洛跟我吹口哨裝鬼臉，然後一旁的建漢拿起手機。

「靠，這可是場超級吸金的有趣比賽，協會光是在轉播頻道上賣廣告就嚎翻了。」布魯斯哼哼笑著：「依我看，那個拳王一定被協會拜託過了，務必跟你打得越久越好，這樣協會廣告賺的錢才多，拳王說不定也會分到紅。」

我也料到了，沒關係，拖得越久對我越有利，打疲憊戰正是我拿手好戲。

現在是嬰兒食品廣告，我的大頭鬼，這跟拳賽有什麼關係？

「不過你可別跟著他的節奏起舞。」布魯斯警告我：「拳王雖然不習慣打持久戰，但拳王就是拳王，他可不是輕易被你累垮的人，尤其是他根本沒有認真跟你比賽。」

我看著建漢講著手機，說：「我知道了，你難得給我建議啊老闆。」

建漢的表情頗為怪異，他看了看我，然後將手機掛掉，跟一旁的可洛竊竊私語，我實在很好奇他們在聊什麼，是心心姊姊打來的嗎？

噹！

第二回合開始。

我吸了一口氣，暫時不想這麼多了，慢慢走到擂台中央。

拳王打了個呵欠，慢慢將拳套擺好，有一搭沒一搭地用左拳輕輕觸碰我的肩膀，我一想靠近，拳王就懶洋洋地溜開，然後用右手重拳威嚇我。

布魯斯說得對，我可不能按照他的節奏辦事。

「娘娘腔的傢伙。」我說，一個大踏步，右拳急速在臉孔前揮擺防禦著，左拳盯著拳王的下顎揮出。

啪！啪！啪！啪！啪！啪！啪！

突然一陣眼冒金星，拳王的左拳突然變得好快好快，但每一拳都牢牢將我固定在他的一個手臂長之外。

「別急，好好享受跟拳王交戰的快感吧，也許二十幾年過後，哈，你還可以告訴你兒子你是怎麼把牙齒斷光的！」拳王一邊說話，一邊毫不停歇地用綿密的左拳將我壓制住。

可惡，拳王這種小心翼翼的精準打法，弄得我火冒三丈。

我看過拳王十幾支比賽錄影帶，他非常喜歡一邊說話諷刺對手一邊把人揍昏，拳質並非奇重，但技巧之高，肌肉防禦度之強固，拳壇無人能及。

「你在哭巴什麼？」我憤怒地挺進，右拳擋在下巴前，左拳朝拳王下顎揮出。

拳王的身形突然一滑，一道閃光自我的左臉轟落，我意識一陣短暫的空白，雙膝咚一聲跪下，身體斜斜倒下。

我睜開眼睛，鼻血不停冒出，流了滿地。

媽的。

我右手肘撐著地板，想坐起來。

「靠，不要急著起來！躺一下，想一點……想一點好笑的事！」布魯斯鬼吼鬼叫，我只好將額頭頂著地板，讓心情平緩下來。

居然中了拳王的大便話攻擊。

第八秒，我站了起來，發覺四周觀眾的情緒已經沒有剛剛那麼高亢了。

拳王扭動著脖子，打了個呵欠。

真是一個恐怖的傢伙。

這場比賽中最令拳王討厭的，莫過於比賽一面倒向我的氣氛，而這股熱烈氣氛的最大起因，就是我同歸於盡，飛蛾撲火的狂猛氣勢。

然而拳王慵懶的拳擊姿態，和用最有效率卻最不夠力道的方式將我擊倒，讓比賽的節奏不斷變慢，斷斷續續。也因為拳王將我擊倒時所用的是技巧而不是力量，所以在拳頭不夠兇猛下，我被擊倒後爬起來也是十分正常，觀眾當然不會感受我的熱力，比賽的氣氛降溫了不少。

拳王，果然不愧是拳王，不僅主宰著小小擂台內的勝負，也控制著擂台外巨大遼闊的觀眾心靈。

「有你的。」我暫時想不到對策，只好將雙眼埋在拳套後方，乖乖地挨打，一邊觀察著拳王出拳的節奏間隙。

就這樣，第二回合平平淡淡結束。

我有些氣餒地坐下，看了看建漢，他已經不在座位上了。

我有些狐疑，建漢不知道去拉屎還是拉尿？

可洛看著我，臉色有些蒼白。

「靠，你被打著玩了，有沒有對策？」布魯斯大聲問我，在我頭頂上淋了一大瓶冰水。

我哆嗦了一下，搖搖頭。

可洛那是什麼表情？她一向是個比專職笨蛋還要快樂的笨蛋啊。

「你怕他嗎？」布魯斯拍拍我的臉，要我回過神來。

「怕個屁啊，我討厭他。」我說，看著拳王坐在對面的角落看報紙。他真是夠刻意的了，裝什麼輕鬆？

「那就別怕他的大便話啊？靠，想辦法嗆回去。」布魯斯忿忿不平。

「盡量啦。」我說，比賽到目前為止，唯一的好處是，拳王為了協會該死的廣告收益，暫時沒有將我快速解決的打算。

我很想認真在腦中沙盤推演下一回合的策略，但我的心緒一直停留在空空盪盪的貴賓席，以及可洛的怪異表情上。

「布魯斯，等一會兒鈴響後你就別管我，幫我去問問可洛發生什麼事了。」我才剛剛說完，電視牆上的寵物美容廣告就消失了，第三回合的鈴聲響起。

「上吧！你就是婆婆媽媽，魂不守舍！」布魯斯用力拍我的背，看來是不會幫我去問的了。

我站了起來，一時之間無法思考，乾脆老老實實擺出防禦的姿態。

拳王將報紙丟給助手，刻意走到擂台柱子上的麥克風旁，右拳沉重揮出，麥克風響起一陣銳利的風壓聲，全場驚呼。

拳王高傲地拉拉褲子，抖著粗大的眉毛，說：「小朋友，你今天上台，有贏的打算嗎？還是只是想表演不倒翁的猴戲讓大家開心一下？」左拳靈動，將我輕輕砸開。

我心中氣極，但嘴巴上可不願再認輸，說：「你的褲子歪掉了。」眉角被快拳擦過，一陣痛楚。全場大爆笑。

拳王毫不理會，一邊冷笑一邊快速繞著我轉，一下子輕快的左拳，一下子沉重的右拳，好像在打一個死靶一樣。拳王的左拳控制我移動的步伐，只要我試圖想脫離他的拳打圓心，他的沉重右拳就會硬將我推回。

我居然不斷挨打，連不顧一切前進的機會都找不到。

「你的褲子歪掉了，小雞雞露出來了。」我說，左肩被轟了一下。五千名觀眾再度瘋狂大笑。

拳王瞪著我，快速移動著身體，一個重拳將我推回挨打中心。

「你看，大家都在笑你了，小雞雞外露的拳王喔喔喔喔喔。」我盯著他的褲子看，額頭挨了一記快拳。

此刻連一旁的裁判都笑了出來，更別提五千人歇斯底里地狂笑，好像在看喜劇電影的最高潮一樣。

拳王冷冷地看著我，但掩蓋不住他的憤怒，一記超快速的左拳直直地敲在我的左臉上，我的身子立刻歪了一邊。

「打拳要專心，這一局就快結束了，回到你教練那邊再把小雞雞塞回去就行了。」我的嘴巴仍不停唸著，又在環場大爆笑中挨了五、六記腹部攻擊。

但我注意到拳王左拳收回的瞬間，他的眼睛忍不住飄了一下。

「小飛象，甩呀甩，拳王的小鳥好可愛，真想摸一下。」我突然放下拳頭，嘻皮笑臉走向拳王，彎著身子，左手像是要撈拳王的鳥蛋一樣。

拳王大吃一驚，立刻反射性地低頭，看著褲子跳開。

我低吼，左腳悍然踏出，將拳王跳開的位置瞬間釘住，低頭、催肩，致命右拳在空中劃出一道無堅不摧的光芒。

「著！」

我摔倒在擂台上，四周寂靜無聲。

媽的，我這一拳居然還是重心不穩。

我躺在地板上，雙腳往上一翻，直接跳了起來。

「拳王呢？」我納悶著，裁判也張大嘴巴迷惘著。

突然，全場歡聲雷動，吵得我差點就把拳套摀住耳朵。

裁判在我面前衝下擂台，我順著他往擂台下看，這才發現拳王正踉踉蹌蹌地在觀眾席上掙扎著。

我獃住了，但我的身體隨即做出反應，我的必殺右拳高高舉起，嘴裡發出狂野的咆哮聲，全場五千人的情緒到達最高點！

我將拳王一舉轟到擂台下！

「靠啊！你一定要看重播！一定要看重播啊小子！」布魯斯簡直是樂瘋了。

「六……七……」裁判緊張地讀秒，他大概沒有對拳王……一個倒在擂台外的拳王讀過秒吧。

拳王抓著觀眾的椅子，搖搖晃晃站了起來，他的表情驚駭莫名，兩管鼻血嘩啦嘩啦流下，左手垂軟，胸口劇烈起伏。

「上來吧，不要以為躲在下面就沒事了。」我說，隱隱約約，建立奇功的右拳有些痠痛。

看來，拳王可不是一動也不動的抗壓牆，這一拳固然衝擊力十足，但拳王一被打飛下台，衝擊力大概只會發出一半不到的力量吧。

也幸好如此，我的右拳才沒有在瞬間報廢掉。抗壓牆上可是黏著五片厚厚的軟墊。

「可恨啊！」拳王怒吼，然後乾咳了兩聲後，右手拉著繩索再度站上擂台。

拳王一上台，將鼻血擦掉，鈴聲就響了。

拳王聽見鈴聲響起時，那如釋重負的表情，加上全場從沒歇止過的尖叫聲，真令人愉快。

「幹得太棒了！我差點以為比賽就這樣結束了！」

布魯斯從背後用力抱住我哈哈大笑：「我以前把對方打下擂台，可那是靠著繩索給他一拳，讓他往後一翻沿著繩索摔下去，沒想到你可以將他活生生打飛！」

我也很興奮，抬頭看著電視不停將剛剛那一拳重播又重播了五次，最後才進廣告。原來剛剛我一拳轟中拳王趕緊回防的左拳套，沒能一舉炸掉他的頭。

拳王也抬著頭看著剛剛自己飛下擂台的畫面，恐懼在他的眼睛裡再度一閃而過，一群助理不住地幫他冰敷左手跟鼻子，按摩他的肩膀跟脖子。

沒想到機會在第三回合就出現了，不必等到第九回合積分狂輸時，在時間壓力下很著急地亂揮拳。

所幸。

「不過我的右手開始發疼啊。」我低聲說。

「別被發現了。」布魯斯的聲音壓得更低，臉上嘻皮笑臉。欺敵戰術是吧。

我嘆了一口氣，真希望心心姊姊在現場，看我揮出這晴天霹靂的一拳。

雖然沒有宇軒那麼神氣英勇，但我還是希望能在心心姊姊面前證明些什麼，雖然她根本不需要我證明任何東西。

我永遠都是一個模樣，優點，也是缺點。

「對了，你沒去問可洛吧？」我問，看著可洛，可洛看著我，勉強笑了笑。

「沒啊，打完再說吧。」布魯斯一副「哎呀，你好煩喔」的表情。

一想到可洛那個爛表情，我的心裡就有些犯慌，剛剛那一拳的勝利我居然開始不太在意起來。

「我要去問個清楚。」趁著還沒鈴響，我走到麥克風旁，對著可洛大聲問道：「可洛小姐，為什麼妳的表情像個大酸梅？建漢去哪裡了？」

全場哈哈大笑，但可洛的表情一點都笑不出來。

我心驚了一下，鈴聲愕然響起。

「低下！」布魯斯大叫，我反射蹲下，只見一道勁風在我頭頂呼嘯而過。

堂堂拳王居然從後面突襲我！

我趁著蹲式，一個轉身，小腿肌肉繃緊，左手往上一記羚羊拳轟起，拳王千鈞一髮往後退步躲過。

「小人！」我怒道，右直拳佯攻，經驗豐富的拳王大驚，往旁邊滑開。

拳王不知道我的右拳只有那一個千篇一律姿勢，才可以揮出全壘打。

「先偷襲的人是你！」拳王忿忿不平，不知道是不是又要展開一場大便話攻防戰。右拳將我推開。

我雙手防禦，慢慢逼近拳王，觀察著拳王具體的傷勢。

拳王汗流浹背，左手臂看似相當緊繃，連腳步都慢得多。

我邁步上前，左右開弓連擊，但拳王的腳步以另一種極具經驗的方式掌握著擂台上的空間，加上重武器右拳配合防禦，我的進擊居然仍在擂台中央打轉。

「有你的！」我加快腳步，卻見拳王猛然一拳轟偏，掃過我的耳際，嚇得我一身冷汗。

拳王冷笑，彷彿昭告即使他只剩下右拳可用，依然可以將我砸垮。

我咬牙，弓步朝拳王的左側前進，那是他的弱點。

「想討我便宜？」拳王凌厲的右拳將我震開，我兩條手臂頓時痠麻不已，然而拳王竟展開了一輪右拳直擊的高明功夫，連續十幾拳將我直直地釘到擂台邊緣，我的背首度碰到繩索。

好可怕的拳王，他的右拳好像是把大榔頭，要將我這根釘子敲到沒入地底為止。

比起「無呼吸連打」那樣的瘋狂亂毆，拳王精準又蠻橫的直搗拳更為可怕，只要我的雙手一被震開，我的心口就會被他的右拳搗中。

可是我偏偏不能向旁邊躲開。我可是不倒人。

唯一允許的突襲例外，但機會尚未出現在冷靜卓絕的拳王面前。

「千萬別昏倒了！」我瞇著眼睛，強壯的右拳勉強跟拳王的右拳硬碰硬一下後，我揉身上前，左拳朝拳王的腹部一擊，拳王沒有閃開，用岩石般的腹肌承受住我這記肝臟攻擊，而他的右拳則朝著我的頭一股勁轟落。

我瞪大眼睛，一股衝擊力自我的頭頂陷入，然後從我的後腦勺穿過，但我的雙腿仍死命抓著地板，右拳握緊，往拳王的腹部轟下，拳王微微一震，表情略微痛苦。

我低著頭，左拳再一記羚羊拳往拳王的下巴勾去，但拳王當機立斷緊縮下顎，身體後仰，躲開我爆發力十足的大招式，並同時將右拳砸在我的鼻子上。

「鑽石一擊殺！」我硬挨了這恐怖的一拳，右直拳刺出，拳王以閃電的速度往旁跳開，一臉驚懼。顯然還沒克服對我右拳的糟糕回憶。

這次的近身互毆，就氣勢上來說我可是贏了一籌，我一步都沒退讓，而拳王卻落荒而逃。

多虧了亞里斯多德，要不然我剛剛早就被那兩記大榔頭砸昏了。

「來啊？再來啊？」我將鼻血吸回去，左拳輕輕揮出，度量著與拳王間的致命距離。

我慢慢逼近拳王，全場觀眾緊張地呼吸著。

拳王的表情就跟我先前那十一個對手一樣，難以置信到接近迷惘的地步，甚至還後退了一大步。

拳王的後退帶起了比賽的最高潮。

「不倒人！」

「不倒人！」

「不倒人！」

「不倒人！」

「不倒人！」

「不倒人！」

「不倒人！」

「不倒人！」

「不倒人！」

「不倒人！」

「不倒人！」

「不倒人！」

「不倒人！」

五千名群眾吶喊著他們身為小人物的夢想，我彷彿成了打倒強權的代言人。

我微微擺動著身體，像一隻刺蝟，拳王全神戒備著，不知如何下嚥我這隻難吃的獵物。

「血腥五重奏！」我左拳流瀉，拳王為了全神盯緊我的右拳並沒有如常躲開，只用右手臂彎下，屈著身子就擋住我所有的刺拳。

無妨，要看就讓你看個夠吧，只要你開始害怕，就沒有所謂的時機。

何況你的頭低著！

我猛然左腳踏步，彎身右拳轟然一擊，拳王身影一晃，我彷彿聽見拳王冷汗炸出的巨大聲響。

落空？我的拳套上並沒有擊中物體的飽實感。

我沒有抬起頭，只是看著地上拳王快速晃動的影子。彎身，然後左踏步，再來！

轟！

拳王再度飛快閃過我這一記大拳！

全場嘩然，我真喜歡這樣的背景音樂。

「逃吧！」我看著靠著繩索，臉色蒼白的拳王。

拳王賴以奪冠的右手重砲倉皇貫出，我像一個百折不撓的勇士，用胸膛承受住拳王這一拳，左腳再度踏出！

這一踏的力道震得擂台一晃，我的眼睛緊緊盯著拳王的鼻子。

拳王擊在我胸口的右拳閃電收回，然後再度擊出！

「著！」我肩膀一沉，傾力的致命右拳又是一轟！

右拳對決的世界！

拳王的頭猛然一偏，但他狂野的長髮卻來不及躲開，立刻被我這一拳的風壓轟散，髮絲暴射四散，然後像蒲公英般慢慢飄在擂台上空。

鈴聲響起。

我的右拳正好停在拳王的脖子跟肩膀中間，距離他的臉只有三公分不到。

讓你逃過了。

「下一回合，我要你留下那條該死的腰帶。」

我用拳套輕輕碰了拳王的後腦勺一下，然後將拳王擊在我胸口的右拳漫不在乎架開。

拳王表情呆滯，嚥下一口口水，喉嚨鼓動。

競技館又是一片如雷掌聲。

我沒有坐下，勝利的火焰在我的體內熊熊燃燒著，讓我連一秒鐘都等不了，而且我很介意可洛的表情，我快寫下歷史新頁的時刻，她的臉上居然有沒擦乾的淚痕。

「靠！幹得好，拳王的靈魂被你最後那一拳殺死了！」布魯斯沒有要我坐下。

我點點頭，隨意看了拳王一眼，他的雙眼依然無神，雙腳發抖。

也許拳王躲開了我奮力的一擊，但他的靈魂可還停在原處，就這麼被我嚇傻了。

按照這個情勢，或許我該舉臂做出下一回合KO的肢體宣言，但我沒有。

「到底發生了什麼事？」

我看著可洛暗暗心驚，接過布魯斯遞過來的冰水漱口。

此時懸吊在擂台上方的巨大六面角電視，突然切掉正在播出的連鎖健身房瘦身廣告，插入一則最新的新聞快報。

我獃住了，畫面中是音波俠，也就是宇軒，站在市中心蜘蛛廣場的噴水池前，一動也不動地站著。全場觀眾看了這個新聞畫面都不禁大叫。

因為音波俠已脫卻了藍色貓耳面罩，露出「宇軒」的真實身分臉孔，他的表情僵硬，略帶憤怒，雙拳緊緊握著，從畫面可以看見有數十台攝影機環繞著宇軒，許多記者不停地向宇軒發問，鎂光燈從來沒停止過，畫面的跑馬燈字幕不斷說明這個男子就是風靡蜘蛛市的罪惡剋星音波俠，經記者查證後服務於吉登詩電訊公司等等個人資料。

而宇軒始終沉默，眼睛看著地上。

我背脊發冷，因為那些記者問的每一個問題都教我打心底顫抖。

「這呆頭是……是音波俠？」布魯斯在一旁怪叫。

新聞畫面中出現一個女記者，她拿著麥克風跟一條手帕站在鏡頭前，說明現在正發生的一切。

「記者伊敏現場為您報導音波俠公開真實身分的原委，事件發生在一小時前，TVBC友台一輛外景衛星連線專車和四名記者，經證實遭到骷髏幫餘黨綁架，骷髏幫並在半個小時後傳送了以下的畫面到電台。」

新聞畫面切換到一個臉孔呈現半透明的男子身上，他穿著黑色骷髏幫的衣服，正是惡名昭彰的骷髏幫副幫主「強化玻璃人居爾」。

然而教我遍體生寒的，不是居爾，是他正坐在一個熟悉的場景中抽著菸。

綏葦孤兒院的大禮堂！

「各位市民好，我是居爾。」居爾冷酷地說：「過幾天就是你們稱為世紀大審判的日子，很好，我充分感受到市長打擊犯罪的決心。」說著，居爾的眼睛發出透明的光芒，身上的衣服突然裂開，露出他駭人的強化玻璃肌肉。

鏡頭隨著居爾的眼神繞過全場，一百多個院童雙手遭到反綁，嘴巴被銀色膠帶封住，個個哭得眼睛紅腫。虎姑婆院長跟杜老師全身哆嗦跪在牆角，守衛王伯伯趴在地上，生死不明。

心心姊姊坐在椅子上，雙手雙腳都被手銬銬在鐵製椅子上，但沒有被封住嘴巴，眼睛閉上，臉上都是汗水。

「正在看畫面的親愛市民們，這裡是被遺忘的大雜院，裡頭全都是被你們遺棄的垃圾。」居爾靜靜說著，眼神極為殘酷：「但你們都沒想到，這裡有一個音波俠的心肝寶貝，莊心心小姐。是不是，莊小姐？」

全場觀眾疑惑地互相問著：「這個心心是不是不倒人的那個心心姊姊？」

鏡頭帶到心心姊姊的臉部特寫，她的嘴裡不知道正禱告著什麼，汗水沿著額頭滑過鼻心。

「音波俠一年多前住院的資料有那麼祕密嗎？為了服務廣大市民，骷髏幫不惜宰了幾個駐院醫師，終於套出音波俠的臉孔側寫還有真實身分，他就是梁宇軒先生，進一步查出這位美麗的莊心心小姐就是梁宇軒先生即將舉行婚禮的未婚妻。等一會我會打個電話給他，請他到蜘蛛廣場上迎接你們這群記者，命令他將面罩取下。」

居爾面露微笑：「屆時就要請你們幫幫這群垃圾小鬼的忙了，將鏡頭對準除卻面罩的音波俠，進行三個小時的現場轉播，直到市立監獄將四個異能力者前輩放了出來，並用直升機恭送他們到這間垃圾場。」

鏡頭拉近，居爾半透明的臉孔後依稀可見微血管跳動，嚴厲地說：「等到幫主跟其他三位前輩安全抵達後，我們會在一小時後釋放所有人質，但，如果音波俠膽敢離開直播現場一秒，本幫將視為作戰，並準備一百二十六具屍體迎接音波俠，莊小姐便是第一具死屍。」

我眼前發黑，鏡頭再度帶到心心姊姊的臉上，她平靜地唸著什麼。

居爾站了起來，單手提起心心姊姊背後的椅子把手，猛然往天花板上一砸，心心姊姊尖叫了一聲，連人帶椅撞了上去。

「可惡！」我大吼。

心心姊姊摔了下來，整個人臥倒在地上，鐵椅子的腳座都被撞擊力弄彎；她的額頭上流著血，膝蓋也擦傷了。

一個小鬼，那個非常像我的小鬼，突然滾上前去想保護心心姊姊，儘管雙手雙腳都被綁住。

心心姊姊忍住暈眩呵斥：「回去！」

小鬼眼睛哭著，跪倒在地上不再亂　。

「音波俠，你逮住我們家老大那一刻起，就該想想日後會降臨在你身上的惡夢。」居爾拉起心心姊姊的頭髮，心心姊姊抬起頭來，眼睛充滿恐懼。

新聞插播並未結束，畫面轉回宇軒僵硬地站在廣場的噴水池前，像石膏一樣，對記者的不停發問渾然不覺。

「糟糕……那小子居然是音波俠？」布魯斯呆住了，拿起冷水壺往自己的頭上淋下去。

「心心姊姊在唸著我……」我回想著剛剛心心姊姊的嘴型，她正在禱祝所有院童一切平安，禱祝遠在擂台上的我，能夠贏得拳王腰帶。

贏得拳王腰帶？

拳賽主持人上台解釋：「在場的各位真是抱歉，因為剛剛新聞的關係中場休息延長了三分鐘，現在擂台上的大電視必須不斷轉播音波俠的畫面，所以協會即將從天花板降下四面布質大螢幕繼續為現場座位較遠的觀眾服務！」

四面超大布質螢幕緩緩落下，布魯斯跟我面面相覷。

噹！

第四回合開始……

拳王臉色蒼白地站了起來，身子輕晃了一下。

全場觀眾瘋狂叫喊我的名字，叫喊著即將到手的勝利，叫喊著一場偉大的以小搏大的光榮。

我流下眼淚，這些為我加油打氣的觀眾難道已忘了剛剛的殘酷畫面？這些叫喊聲難道是支撐我拚命戰鬥的力量？我看著可洛，她正在號啕大哭，然後起身離開。

身處險境，隨時都可能會喪命的心心姊姊，居然正在為我祈禱。

為了一條……一條什麼東西？

我解下拳套丟下擂台，拳王瞪大眼睛。

「我有更重要的事必須去做。」我看著電視螢幕上宇軒痛苦的表情，毅然跳下擂台。

主持人跟裁判都慌了，跟幾個工作人員衝了過來阻擋我，但我只是一股勁衝向選手甬道。

「快跑！後面交給我！」布魯斯攔在我後面大吼，突然像座小山捍著不動，接著我聽見許多巨大的撞擊聲，以及觀眾不滿的噓聲。

我一直跑，一直跑。

心心姊姊，等我！
等等我！

第十三章　愛情一拳

我跑到選手休息室，閃電怪客跟亞里斯多德站在門口等著我，他們已經在休息室的電視中看到了一切，而持有通行證的可洛也隨即趕到。

「閃電伯伯，請救救心心姊姊！」可洛大哭，我則根本沒時間哭哭啼啼，立刻脫下長靴換上輕便的跑鞋，套上一件衣服拉著閃電怪客就要走。

「等等，你要回山上？」閃電怪客吃了一驚。

「我在這裡根本待不住，只有你才能幫我將心心姊姊救出來！」我大叫，亞里斯多德低吼了一聲，我會意過來：「還有你，咱們一起上！」

閃電怪客神色猶豫了一下，說：「我跟你走，但誰都不准踏進孤兒院。骷髏幫的要求很簡單，只要那些惡棍被放出來了，他們就會放過孤兒院，以後宇軒自然會將那幫匪徒再逮回監獄裡。」

我瞪大眼睛，說：「你老了，人也瘋了嗎！宇軒呆呆站著是他已經沒有辦法只好賭一賭了！但熟悉骷髏幫幫主的人都知道，他被宇軒打斷一隻手，一定會殺掉心心姊姊洩恨的！」

此時可洛的手機響了，我一把搶過，果然是建漢的電話。

「建漢你這個混帳！你以為不告訴我我就可以安心跟拳王打架嗎？贏一條笨重的大皮帶我會高興嗎！」我大罵。

我話還沒說完，就聽見建漢急切的聲音：「噓，我是偷打的。我們刑事組研判骷髏幫不可能守信用，也承擔不起那四個壞蛋重出江湖聯手後的損失，所以市長正在跟軍隊調派特種部隊混在警隊裡，打算在直升機進入孤兒院，歹徒精神鬆懈後一舉進攻。你一定要拜託閃電老伯先進去救人！要不然兩邊交戰起來，一定會傷到孤兒院裡面的小朋友！」

建漢匆匆掛掉電話。

我看著閃電怪客，他不用我重複電話的內容就知道會發生什麼事。

他嘆了一口氣，沒有說話。

「妳別跟！」我將可洛手機放到口袋裡，拉著閃電怪客衝出怨聲沸騰的競技館，亞里斯多德跑在我們前面。

攔了一輛計程車，我們直奔綏葦孤兒院。

計程車上的新聞廣播中，我聽見拳王因為我的棄權得到驚險的衛冕，拳協也開始討論是否要永久開除我。

但我已經沒有感覺了。

我滿腦子都是孤兒院的建築規劃，每一扇門、每一個走道、每一個房間、每一個祕密。

收音機傳來市長決定釋放四名死刑犯的消息，監獄正在做準備，直升機正在加滿油中。

我彷彿可以聽見直升機螺旋槳啟動的聲音。

「等我。」

我一想起心心姊姊那雙恐懼的眼睛，我的憤怒就快要炸裂我的身體。

祕密基地。

大樹上。

幾個身穿黑衣的骷髏幫幫眾在孤兒院的制高點架起機關槍監視，還有幾管破壞力驚人的綠焰蟲砲對準著圍在下面的警車，然而警方也不甘示弱，全副武裝的刑警手持護盾戒備，還有五輛軍方支援的武裝裝甲車。

「幾十台警車將孤兒院圍住了，就算你想進去也進不去的。」閃電怪客在樹下嘆息。

「你以為我跟建漢是怎麼蹺課出來的？」我居高觀察著孤兒院的情勢，說：「我們有七條路可以逃過虎姑婆的監視出來，那些笨警察只堵住了四個，骷髏幫從上面可以看見六個。還有一個出口很遠他們都沒發現，就貼著地底下，下面有一條廢棄的大水管，又臭又髒，所以我跟建漢不得已的時候才會使用，往裡面走可以一直通到廚房，那些歹徒不可能會知道。」

閃電怪客搖搖頭，說：「就算潛進去了，你能夠做些什麼？這些惡棍可不是鬧著玩的，倒下去還可以讓裁判慢慢讀秒的人。」

「我不行，但你們一定可以。」我看了看閃電怪客，又看了看亞里斯多德。

閃電怪客一口拒絕，說：「放棄吧小子，這裡已經被團團包圍住了，那些惡棍如果想活命就要遵守諾言，我們守在這裡等就是了。」

我歇斯底里說道：「為什麼一個英雄會說出這種話！你是閃電怪客！閃電怪客！如果你不願意進去，就眼睜睜看我去送死吧！」

閃電怪客突然臉色嚴厲地說：「我不會讓你進去的！發生這種事誰都不願意，況且對方挾持了一百多個人，你進去後難道不會害到那些無辜的人！」

我跳下樹，扯著閃電怪客的衣領：「老伯！我一向都很尊敬你！這種緊急關頭你居然選擇冷眼旁觀！心心姊姊就要死掉了你知不知道！那裡有一百多個小鬼你要裝作沒看見嗎！」

亞里斯多德怒吼了一聲，要我放開閃電怪客。

我流下眼淚甩開閃電怪客，心中兀自難平怒氣，還有難以言喻的不安。

我坐在地上，打開可洛的手機，急切地傳了一通簡訊給建漢。

幾分鐘後，建漢回了簡訊：

「那條通道暫時還不會被我們發現，不過孤兒院的管線配設圖等一下就會送到，時間不多。」

我默默將手機簡訊拿給閃電怪客看，閃電怪客搖搖頭。

「亞里斯多德，你願意幫我嗎？」我擦著眼淚，亞里斯多德倨傲地揚起尾巴，眼睛綻發青光。

「你們兩個，誰敢通過這顆大樹就別怪我不客氣！」閃電怪客急道，雙手手掌電光浮現，說：「誰都別去送死！我寧願叫你們昏死幾個小時。」

我不理會閃電怪客，撫摸著亞里斯多德粗大的頸子，說：「你一開始就得變身知道嗎？那些人跟我不一樣，你知道的。如果有危險，儘管叼著心心姊姊就跑，好不好？」

亞里斯多德憤怒地看著我，好像我看不起牠老人家一樣。

「拜託了。」我抱著亞里斯多德，拍拍牠的背，牠不太習慣地掙脫。

突然我眼前的土塊發出焦味，閃電怪客神色俱厲地用「指光電氣」在我眼前燒炙出一道黑線，示意我別再前進。

「如果我有這種能力就好了，我從小就希望自己像漫畫裡的英雄一樣。」我有感而發，慢慢抬起頭：「但至少，我從漫畫裡學到了英雄挺身而出的勇氣，全是你教我的。」

閃電怪客一愣。

我站了起來，冷靜地看著眼前逐漸凋零的老英雄。

閃電怪客低下頭，不再說話。

「我記得漫畫裡，你有一次將護身用的那招『磁浮電氣』，彈出來保護快要死掉的蜘蛛人不被壞人擄走，那一招你還記得嗎？」我看著閃電怪客。

磁浮電氣是閃電怪客用以防身的電子護罩，只要子彈不直接擊中身體，有八成的機率都會被纏繞身體的金黃電氣給彈開，就算被子彈直接擊中，傷害也能大為減損，不過這一招耗費電力太大，而且對異能力者的重攻擊大多無效。

閃電怪客連忙搖手，說：「磁浮電氣的最高紀錄只能支持十七分鐘，依我現在體內所剩不多的電力也只能撐個八、九分鐘，況且這個招式只有超人體質的人才勉強忍受得了，用在你身上，不到十秒你就會昏了過去。」

我緊緊抓著閃電怪客的雙手，深深吸了一口氣。

「我已經準備好了。」

「……」閃電怪客無言，他的眼神從莫名其妙到無可奈何，然後轉為堅定。

「也好，我本來就想讓你昏了過去，別怨我。」閃電怪客皺著眉頭。

兩股電流從我握緊閃電怪客的雙手上快速傳了過來，剎那間我幾乎失去意識，心臟揪然停止，隔了好幾秒才又慢慢跳。

我顫抖，無法言語，牙齒劈劈啪啪上下敲擊，全身毛髮都豎了起來。

低下頭，閃電怪客已放開雙手，我的身體外緣隱隱約約飄浮著一層金黃色的電氣薄膜。

然後鼻血殷紅滴落，口水從嘴角流下。

「你……」閃電怪客氣喘吁吁，看著竭力保持意識的我。

我勉強點點頭，比了個大拇指。

儘管無法說話，但這跟亞里斯多德的磷光咬擊比起來，還稍微遜色了點，只是我的身體只要稍微一動，皮膚就會碰觸到電氣薄膜，不斷觸電的感覺很糟糕。

亞里斯多德低吠了一聲，全身磷光暴現。

我知道，磁浮電氣的效果時間有限，我必須把握時間。

我咬緊牙關，抱緊亞里斯多德的脖子騎在他背後，亞里斯多德從山坡衝下，在重重警力的外圍跳下一個斜坡，轉進被灌木刻意遮蓋的廢氣大水管裡，進入不見天日的祕密道路，我憑著鮮明的記憶指揮亞里斯多德飛奔前進。

前進！

前進！

前進！

「上面有人嗎？」

我在亞里斯多德的耳邊輕聲問道。

亞里斯多德的鼻子抽動，搖搖頭。

我用力撐開頭頂上的鐵蓋，小心翼翼地爬出。

不到一分鐘的時間裡，我竟然聞到自己皮膚上的燒焦味，不只鼻血一直止不住，還有嚴重的耳鳴，連指甲都裂開了。

亞里斯多德看著我，我勉強笑：「沒有問題，跟緊我。」

沒想到亞里斯多德看了我一眼後，逕自走到廚房門口，用牠的狗鼻子嗅了嗅，嚴肅地看著我。

「走廊上有人？」

我比了個一。

亞里斯多德搖搖頭。

我比了個二。

亞里斯多德點點頭。

「你第一個，我第二個。別讓他們出聲。」我說，將門打開一條縫。

亞里斯多德竄出，我立刻踏步跟上，只見兩個手持衝鋒槍的黑衣人正在走廊一邊抽菸一邊巡邏。

「快！」我疾步上前，亞里斯多德像一枚大砲衝向距離最遠的黑衣人，黑衣人大吃一驚，舉起手中的衝鋒槍。

亞里斯多德的利嘴瞬間將黑衣人的喉嚨撕開，然後身體在空中一晃，將另一個黑衣人手中的槍撞倒，我趕到，左手一記羚羊拳往黑衣人的下顎轟去，隨即右拳捕上猛烈的肝臟攻擊。

兩個黑衣人無聲無息倒下。

為了安全起見，我只好將被我打倒的黑衣人的脖子扭斷。

此時我聽見震耳欲聾的螺旋槳破空聲遠遠飛來，我扶著牆壁，孤兒院哪裡可以停直升機呢？八成是禮堂上方的天台。

我將手機拿出，迅速傳了語音簡訊給正在孤兒院外的建漢：「侵入廚房外走廊，順利。先讓突擊隊衝進來，我會把握時間，想辦法拖住直升機。」

「必須要快，否則加上那四個怪物我們可吃不消。」我拿起一把衝鋒槍，端詳了一下。

媽的，現在要學會不會太慢了？我趕緊回想起建漢當初領了手槍回家時，興高采烈教我扳開保險，上膛的畫面，依樣畫葫蘆將衝鋒槍的保險關上揹起。

靠著亞理斯多德的鼻子跟我的判斷，我們選了一條守衛較少的走廊前進，慢慢迂迴靠近禮堂。

三個？

亞里斯多德點點頭，我深呼吸。

「媽的，哪來的燒焦味？」一個黑衣人抱怨著，腳步聲靠近轉角。

「呼！」我瞄準出現的黑衣人喉嚨，右拳一記「鑽石一擊殺」，他愕然倒下。

亞里斯多德早就衝過轉角，躍起！

兩名黑衣人機警地抽出手中的匕首刺向亞里斯多德，但亞里斯多德身上的磷光將匕首的力道化解掉，還將其中一個黑衣人的喉嚨咬下，但黑衣人身手不弱，舉臂格開亞里斯多德的咬擊。

黑衣人被咬住手臂，瞪大眼睛，就要厲聲慘叫時，我一個箭步衝上，右拳生猛地將黑衣人的脖子轟歪，而亞里斯多德也順利將另一個黑衣人解決掉。

「好險。」我心臟快炸掉了，我的右拳痛得可以。

亞里斯多德搔搔頭，繼續跟我前進。

直升機的螺旋槳聲越來越大，我想他們快要著陸了，而我們距離禮堂只剩下兩個房間的距離以及最後一道走廊上六個持槍戒備的黑衣人，然而走廊太長，根本沒有隱匿蹤跡的空間。

「呼呼呼呼……」我揉著心臟，我的身體快要負荷不了磁浮電氣的傷害，鼻血早已沾溼了上衣。

亞里斯多德擔憂地看著我，我搖搖手。

「閃電老伯還真是有一套啊，這一招也很適合逼供。」我拍拍耳朵，想讓耳鳴別那麼嚴重，但一看掌心，才發現原來我的耳朵也滲血了。

我回想不久前的電視轉播畫面，禮堂裡除了居爾外，大約有兩個持槍的黑衣人站在虎姑婆院長等老師後面，另有兩個黑衣人好像站在禮堂門後，面對著被綁住的小鬼頭們，而我猜，遭到綁架的記者也許還有一個黑衣人押著吧。其餘的，絕大多數的黑衣人都部署在孤兒院的頂樓及天台，監視警方的行　。

「等一下你一直衝一直衝，看見一個撂倒一個，我也一樣，然後你一旦靠近心心姊姊，你就咬住她跳到樓下，讓我來對付那個死玻璃。」我看著亞里斯多德。

直升機的螺旋槳聲逐漸微弱，但引擎的聲音越來越大。

時間急迫。

我身子晃了一下。

剛剛拳王爭霸戰後的疲憊與創口在此時爆發出來。

昏昏沉沉中，我好希望再聽見一次「哈啾」……

「不用掩飾行蹤了，越快越好。」我看著身上越來越弱的電氣，說：「如果我沒死，出去以後認你當乾爹。」

「吼……」亞里斯多德甩甩頭，大概是不想要我這個笨兒子。

衝！

亞里斯多德有如一道飛馳的綠光，竄上牆壁，掠過天花板！全世界最恐怖的磷光咬擊開始！

六個黑衣人駭然，舉起手中的衝鋒槍就射！

達達達達達　達達達　達達達達達　達達　達達達

達達達達達達達達　達達達達達達達　達　達達達達　達　達

達達達達達達　達達　達達達達達達達達達達

達達達達達達達　達　達達　達達　達　達　達達達　達　達

達達　達　達達達　達　達　達達達　達達達　達

槍頭一對準亞里斯多德時，我舉起衝鋒槍跑出，對準六人狂射！

雙方彈殼立刻掉了滿地，亞里斯多德吃痛，但仍迅速撂倒了兩個黑衣人，那些黑衣人痛不欲生地哀號，趴在地上叫得震天價響，我則倚靠身上的電氣擦開了幾顆零星的子彈，將餘下的四人射得花枝亂顫，往後撞開禮堂大門！

兩個站在禮堂大門正後方的黑衣人連忙閃開，但隨即被負傷的亞里斯多德咬爆。

「怎麼回事！」居爾霍然站起。

「小朋友趴下！」我大吼，挺起衝鋒槍，朝著居爾一邊掃射，一邊衝向虎姑婆院長身後的黑衣人，居爾抬起雙手，子彈在他的玻璃手臂上擦出無數火花。亞里斯多德則衝向負責掌鏡的黑衣人，禮堂尖叫聲此起彼落。

我丟開子彈用罄的衝鋒槍，三名黑衣人手中的槍管朝著我扣下板機！

閉氣，我絕不能閃開，要不然流彈恐怕會傷到這些孩子。

子彈在我身上的電氣薄膜上炸開時，我已經站在黑衣人的面前，彎下身體，雙腿挺立。

對我來說，他們每一個都是拳王，每一拳都不允許落空。

轟！

轟！

轟！

黑衣人一一倒下，我抬起頭，居爾正冷冷地走向心心姊姊，當時我渾然沒發現自己的肚子已經穿了兩個大洞，右下方肋骨也斷了兩根。

「亞里斯多德！快！」我大叫從禮堂右側衝向居爾，傷痕累累的亞里斯多德磷光暴漲到極限，從禮堂中間衝向心心姊姊。

亞里斯多德的身影在空中突然轉向，撲向神色冰冷的居爾，磷光咬擊襲上居爾的手臂！

我愣住了，居爾的手臂一動也不動，任亞里斯多德狠狠咬住。

「蠢狗，玻璃會痛的嗎？」居爾冷冷說道，一拳痛擊亞里斯多德的肚子，亞里斯多德嘴巴鬆開，身體在空中一滯，居爾再一拳朝亞里斯多德的頭往下轟去，原本就已經傷痕累累的亞里斯多德吭都不吭一聲，就被這一拳打趴在地，居爾這怪拳的衝力居然連磷光護盾都化解不了。

亞里斯多德嘴裡吐血，硬是想翻身而起，但四肢隨即軟倒，只能怒目瞪著冷酷的居爾。

亞里斯多德的情況我最清楚，牠為我擋下幾乎所有的子彈，數十粒子彈的衝擊力早已將亞里斯多德轟得多數骨折。

但牠老人家就是不放心將居爾交給我。

「笨狗！我才不會輸給你！」我衝前，左腳奮力踏出，弓身低腰，右拳完美地轟向居爾。

居爾根本沒有閃開，我的猛拳就這麼砸在他生冷堅硬的玻璃臉孔上。

「不倒人？」居爾微笑，說：「我在電視轉播上看過你。」

我的拳骨碎裂，穿出了皮膚，鮮血慢慢淋在居爾詭異的臉孔上。

碰！

居爾一拳自我的胸口轟下，我的腳再也抓不住地板，背部狠狠撞上天花板，然後隨瀰漫的石屑一齊墜落。

我趴在地上，眼睛看著心心姊姊。

我的肋骨好像斷得亂七八糟……身上的電氣薄膜早就消失了。

「義智！」心心姊姊哭著，所有的小朋友都被嚇哭了，禮堂中的氣氛低落到谷底。

居爾冷冷說：「一個平凡人加上一條會發光的狗，能夠做些什麼？直升機已經停在我們的頭頂了。」從懷裡拿出一個遙控器，說：「等我跟老大離開這裡，你們如果還能夠在一百噸的黃色炸藥爆炸中活下來，幫我轉告音波俠……」

「轉告他什麼？哈哈哈哈哈哈哈哈哈……」

一個尖銳的聲音劃過，居爾單膝跪了下來，神色恭謹。

一個缺了右手，披著黑色大風衣的高大男子走進禮堂，身後跟著三個形貌特異的怪人，魁梧瘋狂的大鋼牙，削瘦陰險的豹人，拿著一本色情雜誌的噴火痴漢。

我趴在地上，看著心心姊姊。

來不及了，五個魔頭都到齊了。居然是這樣的結局。

「居爾，這次你幹得很好。」骷髏幫幫主的聲音極尖銳，笑著說：「不過直升機上面一定裝有祕密炸彈，他們想要等我們飛到天空後引爆，要不，就是用飛彈把我們射下來。你有更好的離開計畫嗎？」

居爾慢慢站了起來，緩緩說道：「計畫就是，五個人直接從大門走出去，將外面所有的警察都殺光後，開著他們的裝甲車離開。只要我們五人聯手，沒有做不到的事。」

五人一齊縱聲大笑，恐怖的笑聲迴盪在禮堂中。

「不過既然有人能夠進來，就一定有祕密通道，老鼠絕對不只他們兩個。」居爾神色冰冷：「我已準備好炸藥，我們一走，就連他們，還有那些沒用的守衛一起炸翻，大爆炸也有利我們大鬧一番。」

我顫抖著手，想從懷裡掏出手機警告建漢及外面的警方，但我連一根手指都動不了。

我好想哭，我痛恨自己的弱小。

不但救不了心心姊姊跟大家，還拖累了亞里斯多德陪我赴死……

「謝謝你。」心心姊姊遠遠的看著我，輕輕的說道：「所有的小朋友們，我們不要哭，我們一起來禱告。」

虎姑婆院長跟老師們，一百多個小朋友慢慢停止啜泣跟哭號，大家閉上眼睛，一齊唸著：「天上的父，請用您溫暖的光，請用您慈愛的雙手，看照地上卑微的子民，願所有人得到幸福，平安喜樂……」

骷髏幫老大嗤之以鼻，嘲笑似看著這群悲傷的小生命：「垃圾，一出生就被丟到這個大垃圾桶，憑什麼跟人談幸福？」

我看著心心姊姊，看著亞里斯多德，一個仍帶領著大家祈禱，一個兀自想要硬站起來。

我對不起你們。

「惡棍！」

噴火痴漢突然倒下，全身冒著焦黑的灰煙。

電氣縱橫，金光閃耀，禮堂的盡頭出現一個熟悉的身影。

然後霎然消失！

「誰！」骷髏幫幫主舉起手臂戒備。

「大家小心！」居爾一腳踩在桌子上，眼睛冷峻地掃視。

「剛剛到底是怎麼回事？是音波俠嗎？」大鋼牙看著正在哀號的噴火痴漢，暗暗心驚。

「不是，他還在電視直播上。」居爾瞥了禮堂的電視一眼。

話才剛說完，敏捷的豹人突然跳到天花板上，單手抓住吊扇大叫：「小心！」

一道閃電般的身影衝到大鋼牙的身邊，骷髏幫幫主風衣斜動，一掌朝怪異的身影劈落，大鋼牙亦張開大嘴猛然咬下，但一記悶雷聲，拉住吊扇的豹人卻摔了下來，身上還纏繞著白色的電光。

「躲開！」

大鋼牙兩手拉起中招的豹人跟噴火痴漢，與骷髏幫幫主往後退了多步，跟居爾靠在一起。

「到底是誰！」骷髏幫幫主大喝，用腳踢起黑衣人掉落的衝鋒槍拿在手上，朝天花板快速掃射，火光四濺，大叫：「快現身，不然我斃了這些小鬼！」

「惡人也懂得害怕嗎？」

電光火石般的身影停住時，骷髏幫幫主手上的衝鋒槍不知在何時已被燒成焦炭，骷髏幫幫主忿忿將不能用的槍丟掉，瞪著一個蒼老身影的主人。

正是閃電怪客！赤腳、汗衫、頭髮灰白稀疏、褲管捲起來的閃電怪客！

「我真丟臉，居然要一個孩子告訴我為什麼應該出現在這兒，來面對你們這些邪惡的混帳。」閃電怪客氣喘吁吁，站在一百多個孩子面前，肩膀流著鮮血，因為剛剛大鋼牙的攻擊。

我握緊拳頭，閃電老伯，你的出場真的跟漫畫說得一樣，既驚險又恰到好處，快速的身影更將這五個壞蛋逼到禮堂的最頂端。

「老傢伙，你是哪個混帳？」大鋼牙怒道。

「居然偷襲我……」豹人站了起來，舔了舔爪子。

「他好像會放電？」噴火痴漢心有不甘地站著，每說一個字就從嘴角噴出火光。

「報上名字？」居爾捏捏拳頭。

閃電怪客汗流浹背，慢慢舉起雙手，身上的金黃電氣忽有忽無，忽大忽小。他的確老了，但他還是重拾了往日的決心。

「你們不認識我，沒有關係，我早就被世人所遺忘，忘得一乾二淨。不過從下一刻起，你們將永遠記得這個招式。」閃電怪客的眉毛冒煙，高高舉起的雙手各握住一個光球。

禮堂內微微震動，掉在地上的彈殼顫動，慢慢浮了起來，小孩臉上的淚珠也浮在半空，我感覺到我的頭髮都豎起來了。

骷髏幫幫主察覺到不妙，大喊：「不太對勁！居爾！」

居爾從四怪後跳起，一個箭步衝向閃電怪客，全身化作透明的強化玻璃。

那些彈殼跟淚珠已經飄浮到禮堂頂端。

「黑暗的終結者，光明一瞬的大地，壞人看了會哭，大人小孩都愛看的……閃電雙龍斬！」閃電怪客大吼，雙手劈空斬下，一百多個小孩縱聲尖叫！

兩道凌厲的黃金閃電轟然炸裂禮堂地板，巨大的閃光穿過居爾後不斷劈陷前進，一直到禮堂末端兩道恐怖的能量才又匯聚，將禮堂的牆壁一舉轟爆！

白煙瀰漫，碎石懸浮。

骷髏幫幫主低頭看著身上的大洞，抬起頭，連眼窩都冒出黑色的火焰，大鋼牙全身焦黑跪在地上，噴火痴漢不只嘴裡噴火，全身都燒得一塌糊塗，豹人也來不及逃開，直接被閃光的爆炸撞出禮堂破開的大洞，摔下樓去。

閃電怪客雙膝跪倒，全身宛若進入蒸籠裡，他耗盡所有的能量，兀自喃喃自語：「這是我這一輩子……最……最壯觀的一次閃電雙龍斬了……」

我大叫：「小心！」

首當閃電雙龍斬其衝的居爾憤怒地朝閃電怪客一腳踢去，疲累的閃電怪客儘管及時架起雙手防禦，仍被這一腳踢飛，重重撞在禮堂外的牆上，神色痛苦。

玻璃並不導電，居爾完全不受閃電雙龍斬的影響，只是身上的衣服全部化成一片片燃燒的灰蝶。

「可惡的糟老頭！」居爾瘋狂大吼，回頭看著肚子破了一個大洞的骷髏幫幫主，仰天長嘯。

「你們通通要死！通通要死！」

居爾悲憤地吼著，拿出炸藥遙控器，一百多雙小眼睛緊張地閉上。

「吼！」亞里斯多德不知哪來的狠勁，從居爾的背後將遙控器咬下，然後在地上打滾。

「亞里斯多德，快跳出這裡！」心心姊姊喊道，拚命想掙脫綁住自己的繩索。

居爾一腳踩住亞里斯多德的尾巴，面目猙獰地彎下腰，伸出透明的大手。

這個狂人想要跟我們同歸於盡，抑或是想要在衝出禮堂的瞬間就將遙控器按下。

情勢萬分緊張。

然而，我發覺我竟然站了起來，不知道是什麼時候……

我有些迷惑，有些恍恍惚惚。

「蠢狗！居然想吃掉遙控器！」居爾拿起遙控器，將奮力一搏的亞里斯多德踢飛，將吊扇撞爛。

我舉步惟艱地走向居爾。

居爾瞪了我一眼，一拳朝我的肚子揍下去，我雙腿發軟，感覺肚子快破掉了。

但我沒有倒下。

我站著，不是因為我是不倒人。

支撐著我身體的，是另一個理由。

我為什麼會站在這裡？

我看著居爾。

我發過誓的，這輩子，我再也不要回到這個被世界遺棄的地獄。
但我拚命趕過來，現在就牢牢站在這裡，甚至絕不願後退一步。

「我為什麼會在這裡？」我問居爾。

「討打！」居爾一拳擊中我的臉，將我的意識一震。

二十年來，從我懂事起，我就一直在搜尋我出現在這個世界上的意義。

如果這個世界不需要我，又何必讓我降生在世界上？

既然我已經降生到這個世界上，為何不給我最渴望的、唯一的幸福？

我是個謎嗎？是個沒有人願意解開的謎嗎？

不，不是。

其實我早該知道的，這一切從我出生的那一刻起，都已經註定好了。

大雪紛飛的那天，還是嬰兒的我就出現在這裡，
等著心心姊姊，一直一直等著。

要不是我在這裡認識了跟我一起喜歡心心姊姊的建漢，
然後他第一眼就認出了他的偶像閃電怪客，
我就不會認識今日挺身而出的老英雄。

道。

「心心姊姊偷的飯糰，不知為什麼總是特別好吃喔。」建漢摸著肚子。

「所以我決定了，乾脆跟心心姊姊結婚吧。」我說，這件事只有建漢知道。

「屁你個頭，我遲早要跟心心姊姊變成老公老婆。」建漢說，這件事只有我知

要不是我認識了日漸凋零的閃電怪客，
他就不可能出現在他多年來一直迴避的戰場，
在緊要關頭一舉將四個超級異能者轟成焦炭。

「你打算復出嗎？」可洛妹舉手。

「不。」閃電怪客。

「當世界需要你呢？」我舉手。

「不。」閃電怪客。

「如果有這個世界難以抵擋的敵人出現呢？」建漢舉手。

「不。」閃電怪客。

要不是透過閃電怪客，
我也不會認識具有磷光攻擊能力的亞里斯多德，
也就不可能在數百次的扭打中鍛鍊出對劇痛的超級忍耐力。

「吼！」亞里斯多德不耐煩地往天空一蹬腳，

七十多公斤的我居然被牠帶離了地面，然後重重摔在地上。

但我還是緊緊抱住亞里斯多德，

在牠耳朵旁大喊：「笨狗聽著！快點變身咬我幾口！」

要不是我必須在擂台上不斷與人打鬥，
我就不需要這麼驚人的、不折不撓的劇痛忍耐力，
也就不會跟亞里斯多德從扭打成為患難之交，
在今日與我一齊賭命。

「你一開始就得變身知道嗎？那些人跟我不一樣，你知道的。如果有危險，儘管叼著心心姊姊就跑，好不好？」

亞里斯多德憤怒地看著我，好像我看不起牠老人家一樣。

「拜託了。」

要不是我想在心心姊姊面前證明我是個具有無雙勇氣的人，
我壓根不可能立志當個拳擊手站上擂台，
也就不可能打過十二場超級激烈的硬仗。

轟！轟！轟！轟！轟！轟！轟！轟！轟！轟！轟！轟！轟！轟！轟！

好可怕，這些快拳儘管凌亂，但每一拳都好重，

像小鉛球一樣，我只要稍微鬆懈肌肉，立刻就會往後震開似的。

「可惡！」我心道，再這樣下去，我的雙手一定會在半分鐘內完全痲痹，

然後上半身就處於毫無防備的挨打狀態。

要不是我習慣了亞里斯多德不可思議的劇痛攻擊，
我就不可能承受住閃電怪客的磁浮電氣衣，
也就不可能一路跟亞里斯多德不斷撂倒黑衣人。

不到一分鐘的時間裡，我竟然聞到自己皮膚上的燒焦味，不只鼻血一直止不住，還有嚴重的耳鳴，連指甲都裂開了。

亞里斯多德看著我，我強笑：「沒有問題，跟緊我。」

要不是我誤闖了拳擊比賽，
要不是我不斷的倒下又爬起，
就不可能擁有跟拳王交手的機會。

布魯斯一拳重重拍在炙燙的鐵板上，高溫將他的拳頭燙得吱吱烈響。

「靠，這可是不得了的機會啊小子，我要你把所有倒下去的一次拿回來！」布魯斯的眼睛乍放精光，說：「咱們扛一條腰帶回家！」

要不是我拚命想撂倒拳王，
我就不可能站在抗壓力牆面前，
揮舞上萬記魄力十足的豪拳，
最後擊穿了厚牆，
擁有擊倒一切障礙的本事。

「你打算怎麼做？」

「什麼都不練，就練這個姿勢。」

我將身體重心擺低，左拳夾緊臉前，右腳稍微往後一步，左腳重重用力往前一踏，右拳自腰際劃過全身之上，刷！

護墊震動了一下，牆壁當然完好無恙。

「我還有兩個月可以加強這一拳所需要必備的一切，包括這個姿勢需要運用的肌肉平衡感、速度、爆發力，還有將拳頭毀掉的勇氣，我都要在這兩個月內學會。」

要不是我待在這個鬼地方一十八年，
我根本不會知道那一條廢氣大水管可以通到廚房，
通到我雙腳拚命站穩的此刻。
要不是我愛心心姊姊，以上所有的條件都不可能成立。
要不是我愛心心姊姊，我現在根本不會站在這裡。

閃電怪客說的沒錯，英雄需要無數個巧合不斷相疊再相疊才能誕生，
缺一不可。
幸福也一樣。
當所有的一切全都串連、交錯、相互繁衍在一起時，
就不再是一堆毫無意義的巧合，而是，一種稱之為命運的東西。
原來，這就是我生存的目的。
多麼幸福。
為了心心姊姊。
只為了心心姊姊。

屋頂上到處都是子彈呼嘯的聲音，建漢他們就快到了，要是炸彈引爆了可不妙。

而現在，我又發現了一件事。

「居爾……你……你跟拳王一樣高啊……」

我笑了出來，這絕對不是普通的巧合。

原來，自始至終，我苦練的這致命一拳，從來就不是為了打在拳王的臉上。

「那又怎麼?不倒人。」居爾高高舉起拳頭，莫名其妙地看著我。

我微笑，將身體重心擺低，左拳夾緊臉前，右腳稍微往後一步。

「原來我一直是最幸福的人。」我熱淚盈眶，看著居爾說：「從一開始，二十年來，我所有的生命就是為了揮出這一拳，解救我心愛的女孩。」

居爾一手抓著遙控器，一手握拳高高轟下：「胡扯些什麼！」

居爾重拳轟落！

我左腳重重用力往前一踏，身體擺低往左翼快閃，居爾的猛拳瞬間擦過我的髮梢時，我的右拳自腰際劃出一道美麗的痕跡！

刷！

我沒有抬起頭來，
因為我在揮出這一拳之前就已經知道結果。
不管居爾是強化玻璃人、隕石怪、火焰魔，還是鑽石人，
都無法抵抗我挾帶著幸福命運的一拳。

筐瑯、筐瑯、筐瑯、筐瑯、筐瑯、筐瑯……

遙控器掉在地上。
而我依然站著，不倒。

我看著心心姊姊微笑，禮堂的大破洞外正好是美麗的火紅夕陽，彩霞疊疊。

心心姊姊奮力掙脫了身上的繩索，跑到我身邊。

我甚至說不出話來。

所有的力氣，所有的命運，都化作剛剛那一拳了。

現在的我，只能微笑，然後慢慢在心心姊姊的攙扶下坐下。

心心姊姊一直哭、一直哭，我這輩子從來都沒有看過她這麼傷心過，

突然間，我有些哽咽，有些幸福的驕傲。

每個人在他最愛的人的心中，都有屬於自己的位置。
有的人被愛，有的人不被愛。
有的人被喜歡，有的人被討厭。
有的人適合當朋友，有的人適合單戀。
我很幸福，也很榮幸，在我的一生中，竟有這麼一次機會，
能夠用我所有的一切拯救我最愛的人。

「心心姊姊……我知道我真的沒有被藏起來了……」

我很開心地說道：「原來我是妳一個人的……專屬於妳的……超人……」

心心姊姊抱著我流淚，撫摸著我的馬尾，輕輕解開。

我莞爾，又想起了那一個雨天。

外面的雨下得好大，我獨自一人坐在院子前的長廊末，
雨水滴滴答答、答答滴滴、滴滴答答、答答滴滴。
那時，我十歲。
距離我變成孤兒正好滿十週年。
「哈啾！」
心心姊姊拿著剪刀，站在我後面。
剪刀片一開一闔。
記得，那是個龐克。

夕陽很美，但我的眼皮有些累了。

「我知道，我的頭髮又長了……」

我點點頭，輕輕拍著心心姊姊的背，不說話了。

再也不說話了。

記得二十歲生日那天的夕陽，天氣很涼爽，一滴雨都沒下。
空氣很香。
因為我聞著我最愛的女孩的頭髮，在最幸福的距離。

終章

一年了，今天的黃昏也很美。

從小山坡看下的的孤兒院，竟有種夢幻的、恍如隔世的感覺。

「義智超人，我下個月就要結婚了，建漢跟可洛要當我跟宇軒的伴郎伴娘喔。」女孩笑著，摸著叼著一隻青蛙的大肥狗。

亞里斯多德現在的名字叫阿肥，那是孤兒院的小朋友為牠取的新名字，牠老人家在一堆小鬼的黏膩抱抱中逐漸克服了對人類的厭惡，不只當了院狗，還被養肥了一大圈，步入中年發福危機。

如果我還能夠跟牠打一場，包牠輸得哇哇叫。

「還記得你的老闆布魯斯吧？」女孩想起了一件很好笑的事，率性地哈哈笑了出來。

當然記得，那個比我還笨一百倍的大笨蛋啊！

「他終於打敗了暴風級的拳王，就在上個星期呢！哈啾！」女孩又打了個噴噓，說：「他模仿你，連續二十場比賽說什麼也不肯倒下，說是要連你的份一起贏下去，真是個夠義氣的笨蛋。」

我點點頭，看著女孩清澈的眼睛。

「還有啊，閃電阿伯傷癒出院後就跟宇軒聯手了，他們說一起打擊犯罪比較保險，安全第一呢。」女孩幽幽地看著孤兒院：「上個月我買了你最喜歡的超人評鑑雜誌，上面說他們是有史以來最強的超人雙人組。嘻，我還以為應該是你跟阿肥呢。」說著，放了好幾期超人評鑑雜誌在我的腳邊。

我笑了。

真高興閃電阿伯重回往昔的榮耀，本來嘛，他就是不甘寂寞的老笨蛋。

「心心！他們都到了！」一個宏亮的聲音從山坡上跑來，是個高大又略帶靦腆笑容的男人，手裡拿著一束鮮花，男人身後還跟了幾張熟悉的面孔。

女孩站了起來，笑得很歡暢。

「別讓這小子等太久啦！我先！」一個壯得像座活火山的粗魯男子大叫，將一條金光閃閃的腰帶放在我面前，說：「小子！你老闆現在的外號叫『死也不倒人布魯斯』，靠，還比你要響亮些啊！這條腰帶寬了點，你將就將就！」我笑死了。

「義智哥哥，我現在不叫你笨蛋啦！」一個短髮女孩將鮮花放下，我摸摸她的笨頭。

「臭小子，你永遠都是我最好的朋友，咱們下輩子出生做兄弟吧。」一個穿著警察制服的男孩揉揉眼睛，踢了我一腳，我用力踢了回去。

「謝謝你啊孩子，你教會了老頭子什麼叫真正的挺身而出，什麼是英雄。英雄不該怕被遺忘，但沒有人能夠忘記你的。對了，老頭子現在不抽菸啦！」一個精神抖擻的老人蹲下，摸摸地上的石碑。上面的字全都是他用電刻下的。

「義智，謝謝你，謝謝你救了我最愛的女孩，請你讓我用你的名字當作我跟心心將來孩子的名字。」靦腆的男子向我一鞠躬，將鮮花放下。

「再見了，我的專屬超人。」女孩親吻了我一下，我淡淡地笑著。

這是我的榮幸。

我坐在石碑上揮手跟他們道別，那條曾經叫做亞里斯多德的肥狗回頭看了我一眼，狂吠了幾聲，眼神有些落寞。

「笨狗，謝謝你了。」我有些感動，也許我終於贏得了亞里斯多德些許的敬意。

天漸漸黑了，我在山坡上看著被星光籠罩的孤兒院。
那裡的孩子們沒有被遺棄，只是被幸福悄悄藏了起來。
我深呼吸，敞開肩上的純白翅膀，穿過一望無際的蒲公英，在天空上升翱翔，慢慢融化在萬叢星空之中。
另一趟旅程等著我，我也等待著旅程。
希望在下一趟的美好旅程中，我依然能擁抱心愛女孩的笑顏。
當她的專屬超人。

全劇終

妳身邊那人，也許不是妳的真命天子，
但他或許是妳的專屬超人。
妳對他輕輕一笑，就會有一萬個天使在
他的笑容上飛舞著。

後記

《打噴嚏》是我的第十八篇小說，第十四本書。

少林十八銅人，丐幫降龍十八掌，十八姑娘一枝花，十八好像有很多意義，以此類推，《打噴嚏》是值得紀念的好故事。

所以不得不說說幕後編劇的感想。

三年多前我跟前女友去看了蜘蛛人的首映，劇中有個經典畫面，主角彼得在大雨中穿著蜘蛛人緊身衣，倒掛與女主角接吻。聽說還得了當年MTV電影大獎的最佳螢幕接吻鏡頭。當時座位上的我內心相當亢奮，因為有個絕佳的靈感撞進了我的腦袋：「彼得在憂鬱個屁啊？若有人的情敵是蜘蛛人，那才叫倒楣咧！」

一瞬間好多想法一齊撞了過來：「如果我的情敵是個超人之類的城市英雄，我該怎麼辦？想辦法變成另一個英雄麼？」《打噴嚏》就這麼誕生了。

然後有了閃電怪客，有了亞理斯多德。我們的人生需要有另一個人來圓滿，需要朋友，需要家庭，尤其需要珍愛的人。

然而常天不從人願，於是我們單戀，於是我們形單影隻，於是我們抱憾一生。

但我們日夜期盼有個機會，可以在心愛的人面前逞一次英雄、盡一次心力，幫她熬一個月的夜搭建築模型交作業，幫她瘋狂地將故障車子從新竹推到台北，幸運的話，還可以幫她擋搶匪的子彈。

想必義智也是這樣的想法，我彷彿可以看見他高舉拳頭時的笑容。

寫完《打噴嚏》的半年裡，我的耳朵跟許多網友一樣，隨時都會聽見「居爾，你跟拳王一樣高啊！」希望你也聽得見義智洋溢幸福的聲音。

愛九把刀 11

A choo 打噴嚏

打噴嚏 / 九把刀著. -- 初版. -- 臺北市 : 春天出版國際,
2014.08
面 ; 公分. -- (愛九把刀 ; 11)
ISBN 978-986-5706-35-7 (平裝)

857.83

作　者　九把刀
總編輯　莊宜勳
封面繪圖　Blaze
主　編　鍾靈
封面設計　小美@永真極制Workshop
內頁編排　陳偉哲

出版者　春天出版國際文化有限公司
地　址　台北市大安區忠孝東路四段303號4樓之1
電　話　02-7733-4070
傳　眞　02-7733-4069
E－mail　frank.spring@msa.hinet.net
網　址　http://www.bookspring.com.tw
部落格　http://blog.pixnet.net/bookspring
郵政帳號　19705538
戶　名　春天出版國際文化有限公司
法律顧問　蕭顯忠律師事務所
出版日期　二〇一四年八月二版

定　價　260元

總經銷　楨德圖書事業有限公司
地　址　新北市新店區中興路二段196號8樓
電　話　02-8919-3186
傳　眞　02-8914-5524

ISBN 978-986-5706-35-7
Printed in Taiwan

S P R I N G

每一本好書都是一顆種子，
春天播種在你的心田夢土上。

Spring

S P R I N G

每一本好書都是一顆種子，

春天播種在你的心田夢土上。

Spring

S P R I N G

每一本好書都是一顆種子，
春天播種在你的心田夢土上。